那也讨厌 这也喜欢

あれも嫌い

これも好き

［日］佐野洋子 著

Yoko Sano

边西岩 译

上海书店出版社
SHANGHAI BOOKSTORE PUBLISHING HOUSE

本书第一部分是将 2000 年 1 月 9 日至 7 月 3 日在《朝日新闻晨报》上连载的内容进行收集整理而成。第二、三部分多为对已经在纸质媒体上发表过的文章进行润色、重构而成。

目　录

一

打上十字结的重箱　/　3

冬季的桔梗　/　8

你给我看好了！　/　13

免费观看的电影　/　18

"玉三郎"核桃　/　24

沙、沙、沙——　/　29

马的眼睛　/　34

圣母玛利亚和阿弥陀佛　/　39

狂风　/　44

蜘蛛丝　/　49

兢兢业业、兢兢业业　/　54

咯吱咯吱、咯吱咯吱　/　59

小写的"b"　/　64

三角形的羊羹　/　69

第一卷的一半　/　74

装死　/　79

悠然自得地坚强不息　/　84

挺好的　/　90

三代之前是猴子　/　95

当——，嘟嘟嚷嚷　/　101

神的手　/　106

嗵、嗵、嗵　/　111

羊羹颜色的尸体　/　116

二

关于绉绸的往事　/　123

寿司　/　130

请全部吃掉，请给我留点儿　/　138

梦露死了两次　/　144

那个时候　/　150

拍大头贴的阿姨　/　156

"啪嗒啪嗒"的大傻瓜 / 162

神佛和一张明信片 / 169

老年女性和老奶奶 / 177

想怎么死就怎么死的自由 / 184

三

葵花书库 / 195

想做你的邻居 / 201

就像永无止境的巴赫那样 / 206

时读时新的《牢骚与愤怒的玛丽亚》 / 212

爱上你，确实错了 / 216

深泽先生的价值 / 225

记入史册的元气美女——正冈律 / 230

行路人——《夏先生的故事》 / 234

装帧是书的肖像画 / 238

"带孩子"和"现代人的孤独" / 244

没用 / 250

后记 / 256

解说·一 青山南 / 261

解说·二 三浦紫苑 / 269

本书插图：广濑弦

一

如果我们的人生出现了什么危机，

那
就
装
死
吧！

打上十字结的重箱

　　○子小姐，别来无恙？

　　说起来，有两样东西是我从儿时起就无论如何都想拥有的。那就是重箱[1]和女儿节[2]时摆放的古装人偶。恐怕这和我是战后从中国返乡回来的人有关吧。我一直渴望了几十年。可是几十年过

1　重箱是日本传统的盛装食物的木制容器，多为两三层的正方形漆器。（本书如无特殊说明，均为译者注。）

2　每年3月3日是日本的女儿节，届时有女儿的家里会摆放阶梯式的陈列架，并在上面装饰身穿和服的人偶，以表达愿女儿健康成长的美好希冀。

去了，我依然觉得自己还没有资格购买这两样东西。有一次，在一个温泉小镇，我无意中走进一家出售古旧家居用品的小店，在店铺的最深处，我看到了一套非常气派的重箱。

那重箱有上下五层，底下还配了一个带猫脚造型桌腿的台子，高度直抵我的腰部。不仅如此，盒子上还有蜀葵花图案的花纹。那可真是一套气派的重箱呢！我忍不住向店家询问了价格。老板的回答是十六万日元。我一听说道："实在是望尘莫及啊。"老板思考片刻后把价格降到了八万日元。我也不知道这个价格是贵还是便宜，于是又说道"还是高不可攀啊"，结果老板说"四万日元"，又一次降低了价格。我开始感到惶恐，心想如果这样的东西搬进我住的小房子里，岂不是像让德川家康将军做了我的老公一样荒唐。店老板已经开始尝试把那巨大的重箱从角落里拉出来了，可我其实根本没打算买。

"可是……"听到我这么说，老板竟然头也没回背对着我就说出了："两万日元。"我吓得脸色苍白，只能弯下腰，整个人缩成一个小于号（＜）的形状，像脱兔一般逃之夭夭了。如果我再说一句话，那重箱恐怕就要免费赠送了——哪怕白送，我也不能要，那家伙不是一般地碍手碍脚呢。

那之后过了一段时间，又有一次，我漫步在飘着雪的温泉小镇。我看到一位大叔正坐在店头，一边制作一边出售重箱，而那重箱正是我心心念念的样子！它扎实厚重，没有任何花纹，外面是黑色的，而里面是红色的。从我想要这样的重箱到遇见它，已经过去了将近三十年。

那年过年准备的御节料理[1]自然是倾尽全力，海带卷也好，鲱鱼子也罢，好像一个个都在叫嚷着："我们老早就盼着能进到这里来了！"我也觉得用上了重箱的新年，就是平实质朴中呈现厚重、谦逊低调中彰显奢华，不由得深以为妙。把三层重箱都装满了沉甸甸的美食之后，我双手叉腰心

1　御节料理是按照日本的传统习惯，过新年时准备的供奉年神、祈愿幸福的正月料理。

满意足地笑了。可是这时我突然想起我们家养了猫这件事。我心想，如果重箱里的美味被猫偷吃了那还得了，于是用带子在重箱外面打上了一个十字结。然后，我满怀着对这个有重箱陪伴的新年的期待进入了梦乡。

可是，元旦一早我看到的却是四分五裂摔坏的重箱和七零八落散落一地的黑豆和煮芋头。原来是猫爪子勾在了十字结的带子上，让整个重箱从桌子摔到了地板上。第一层已经彻底分崩离析，第二层的四个角也都摔出了裂纹。盖子上也产生了一块凹陷，漆也脱落了。

你知道人遭受到过于沉重的打击会怎样吗？我仿佛亲眼目睹了五重塔[1]被炸为平地一样，只是静静地、静静地伫立在原地，甚至连想抽那恶猫两巴掌的心思都没有。

啊——，要是没系那个带子就好了，意识到

---

1 五重塔是日本典型的佛塔建筑，共有五层，多为木制结构。在古代，五重塔多为所在地区最高的建筑。

这一点的瞬间，我一下子趴在地板上扭动着身体哇哇大哭起来。如果我用过这个重箱两三年，也许还能想开一点。这可是它完全崭新的处女秀啊！结果就像即将出嫁的那天早上璀璨夺目的新娘遭遇了交通事故。在那个温泉小镇，在我的视线遇到这个重箱的瞬间，我的五感都在告诉我，我曾经多么渴望拥有这样一套重箱啊！我为此等待了几十年。我真是一个彻头彻尾不走运的傻瓜。

可是，〇子小姐，人还是要活得长久一点。

几年前，作为某件事的贺礼，我竟然获得了一套一模一样、分毫不差的重箱。你知道人在过分开心的时候会怎样吗？我只是静静地、静静地目不转睛地注视着那个重箱。然后"哈——"地朝它呼了一口气，欣赏那盖子上泛起的一片雾气。等樱花开了我们去赏樱吧！带上我的重箱。应该会有樱花的花瓣翩翩飘落在豆腐皮寿司上吧！

冬季的桔梗

〇子小姐，别来无恙？

今年冬天，东京会下雪吗？在群马县的工作室，现在一定已经是银装素裹了吧。两年前的一天，我开车行驶在信州[1]的国道上，突然看到路边立着一块脏兮兮的木牌，上面写着："出售山间野花。"现在山上的花年年都在减少，竟然有人在山上栽培野花。想到这里，我便把车停在木牌旁，沿着一条悠长而和缓的坡路走了下去。在那条和

1　信州是长野县的旧称。

缓的下坡路途中，有两个轮胎被摞在一起丢在路边，周围还散落着许多塑料饮料瓶和看不清花纹的黄色塑料桶什么的，我感觉自己好像走到一个垃圾桶里面去了。

嗯？嗯？……正在我觉得不可思议的时候，我看到了一间仿佛被压扁了的小屋。那小屋周围堆积着无数个已经长出了绿色霉斑的脏兮兮的泡沫箱。这……这就是山间野花？每一个箱子里都胡乱地塞满了因营养不良而干枯成茶褐色的脏兮兮的叶子。

因为找不到人影，所以我只好把头探进房子里。结果那里仿佛一个阴暗的洞穴一样冷飕飕的，散发着一股发霉的味道。

我试着打了个招呼，结果从黑暗中冒出一个人来。那人穿着一件红色马德拉斯格子花纹的法兰绒衬衫和牛仔连体裤，一张长长的脸上，下巴是凹陷的，瘪进去的嘴里只有一颗门牙。房子的玄关那里竟然挂着三块某某工坊的小牌子。"您这个工坊是做什么的呀？""啊，我在教别人做木雕。""啊?！就在这里吗?""是啊。""可是这里很暗啊。""哦，那是因为我的电被掐断了。"我站在他身边竟闻到了一股酸乎乎的气味。"啊，我也教画画。"虽然这样想可能不太好，但我已经开始认为他这些话都是在撒谎了。"是什么样的画啊?""蜡笔画。然后我还做陶瓷。""啊！您这里有窑吗?""这里并没有。"只有一颗门牙的人物终于走到了房子门外。我问他："我看见外面有一块招牌上写这里出售山间野花，那么这里有花田吗?""啊，就是这个、这个……，你看这全都是，有很多，应有尽有啊！"他指着那些生了绿苔的泡沫箱。"啊? 这是什么呀?"我指着一棵身份不明的植物问道。"这个啊，这是我杂交出来的，是山绣球和别的什么花弄出来的新品种。""开什么样的花啊?""和山绣球很像，但不一样。有的年份会开花，也有的年份不开花，因为是新品种嘛。""这个呢? 这个是粉色绣线菊吗?""那也是我杂交出来的新品种。"净胡说！我心里想。只见那粉色绣线菊已经是濒死般地奄奄一息了。我家院子里的粉色绣线菊都要比它好看好几倍。他说："因为是我杂交出来的，所以我给它们都起了名字。"我指着那快要死了的粉色绣线菊问道："它叫什么啊？""贵子。""这个山绣球呢？""贵子。""贵子到底是谁啊？""是我夫人。""您是有夫人的吗？""跑了。"对这个回答我深信不疑。

因为没有什么让我动心的野花，所以我漫无目的地四处闲逛了一下。在房子后面的松树树根那里，我看到两棵纤细瘦弱得摇晃欲倒的桔梗，尽管它们彼此纠缠着，却也腼腆地开出了颜色浓郁的紫色小花。"这个是卖的吗？""可以啊。""两棵都卖吗？""可以啊。"我若都买走了恐怕这种花在这里就彻底绝种了。我以一棵五百日元的价格把两棵全部斩获了。

当我慢悠悠地把桔梗花装进塑料袋时，大叔团了一些纸，用被随意扔在院子里的泥炭炉开始生火。他说："我的煤气也被掐断了。"

时隔不久，在我工作室的庭院里，那摇曳的桔梗安静地卸下紫色的花朵，雪花飘落堆积了起来。次年夏末，我给它施了足足的肥料，所以花梗变得结实而粗壮，开出的花朵大出了一圈。"哦，贵子开得好漂亮啊！"我走到它身边抚摸着它的头。不知道为什么，那桔梗的名字彻底变成了"贵子"。而且更不可思议的是，到了冬天，有一次我无意间望向那积着雪的地面，本应一片银白什么都看不到。忽然，我看到了紫色浓郁的"贵子"。即使穿行于人潮汹涌的东京，也会突然遇到一朵浓郁的紫色花朵在皑皑白雪间孑然独立地绽放。离家出走的贵子女士，会不会也在日本的某处正神采奕奕、光鲜亮丽地生活着呢？请你来看一下难得一见的冬天的桔梗花吧。

你给我看好了！

○子小姐：

我家有一只重达九公斤的肥猫，至今为止我都没有见过比它更肥硕的猫，而且它全身的毛色乱七八糟地混在一起，看不出任何所谓的花纹，就暂且说是某种茶色吧。它耷拉着的大肚子都快要垂到地板上了，第一次来我家看到它的人都会说："啊？这是一只猫吗？""它怀孕了吧？""啊，原来这是一只猫啊！我刚才在外面看见它还以为是一只狸子呢。"诸如此类，我已经懒得解释了。

一般小猫拥有的那种神秘、优雅什么的，它

完全没有。我们经常说谁谁像小猫一样安静，可是我家这位走起路来"呱嗒呱嗒"地，每一步都落地有声。它还时常在上下楼梯时踩空跌落，每每有如十公斤装的米袋重重落地一般惊天动地。它如果一动不动地伸着爪子趴在地上，看上去就像一坨牛屎。

有一天朋友对我说："别墅里出现了老鼠，可不可以把你家阿舟（我家小猫的名字）借我用一下？"我心中大喜："快请快请！随时效力。"可是很快，朋友便一边看着坐在窗前向外张望的阿舟的背影，一边说道："可是啊，阿舟它呢，抓老鼠什么的应该是没可能了。等它这么'呱嗒呱嗒'地走过去，恐怕连鼻子都被老鼠咬掉了。再摔上几个屁股蹲儿，'咕咚咕咚'！"她甚至还加上了动作模仿。"还是算了吧，我去药店买点老鼠药吧。"就这么把阿舟驳回了。我还心有不甘地说道："可是只要它在，情况就可能完全不同！""算了算了，就当我啥都没说过吧。"我被再三地婉拒了。

第二天，我从外面回到家中，看见地板上有一只鸽子那么大的死鸟。我凑近一看，那鸟的周围散落了大量的羽毛。仔细端详才发现，那鸟的喙像鹰一样向下勾着，胸口有白色和棕色的条纹。它的脖子已经被咬断，看上去血肉模糊。而且，此时阿舟就坐在暖桌[1]边一动不动地看着我和死鸟，偶尔会懒洋洋地眨一眨眼。我瞬间明白了这一切。阿舟昨天听到了我和朋友的全部对话，"你们这些家伙可真能胡说啊！都给我看好了！"这一定是它想要向我们展示它优秀实力的证据。我觉得后背一阵发凉，"不好意思，对不起了！请原谅我们对您的轻视，您真了不起！"我简直想要给它跪下了。可是，我无论如何也想象不到九公斤重的阿舟能够在现实中猎杀在空中飞翔的野鸟，难不成有什么神秘的力量发挥了作用？这让我觉得

---

1 又称被炉，是一种在冬天使用的家居用品。一般是把炭火或电加热器固定在矮桌下，并为了保持温度，在桌子的框架上覆盖一条被子。围坐桌边可以把腿脚伸进暖桌下取暖。冬季结束后可拿去被子作普通矮桌使用。

有点毛骨悚然。

而且，这让我想起了半年前的一件事。一位到我家来玩的朋友很喜欢小猫，看见阿舟"扑通"一下趴在地上，于是自己也横躺在阿舟身边，一边抚摸着阿舟一边用小猫发嗲的声音说道："阿舟啊阿舟，你好可爱哦！""你真觉得可爱吗？""不是很可爱吗？""可爱到想要抱走吗？""想要啊！""给你了，快抱走吧！"我执着地说道。

从那天夜里开始，阿舟就失踪了。此前它从未踏出过我家房子一米之外的范围，所以这让我非常震惊。我家周围都是杂树林和灌木丛，一旦它误入了灌木丛，虽然这么说有点失礼，但就凭这位的智商，想要再找到家恐怕是十分困难的。过了两三天，我想也许还有希望。过了四五天，我开始着急了，担心它真的找不到家了。想想其实它性格很温顺，不让它做的事它从来没有再做过第二次。它好像还曾经"扑通扑通"地跳起来去拉房门把手自己开门来着，还会像喝醉了酒的壮汉一样鼾声如雷。一想到永远也听不到那个鼾声了，剩下来的猫食和猫砂盆让我觉得胸口一阵阵地变得越来越沉重。

　　其实阿舟是我儿子的猫，虽然我已经照顾了四年，但它还是别人的东西。我一直拖着不愿向儿子汇报这件事，终于在第十天，我放弃了，给儿子打了电话。"也许很快它就自己回家了。"儿子用肚子饿了的时候才会发出的声音说道。"对不起了。"我把电话放下的时候，在阳台上出现了稍显消瘦的、慢吞吞的阿舟的身影。看来之前它一定是听懂了"给你了，快抱走吧！"那句话。这是不是很神奇呢？当我说出"对不起了"的瞬间它就回家了。它佯装成一坨牛屎的样子，难道不是在迷惑人类吗？

免费观看的电影

〇子小姐：

我也不知道这是不是真的，但据说历史上的真实人物是不会出现在我们的梦里的。其实，哪怕只是做梦也好，我还是很想和名将义经[1]、暴君尼禄[2]这样的人打打交道的。可是名人登场亮相出现在我梦里这种事，仅仅发生过三次，而现实中

1　源义经（1159—1189），日本传奇英雄，平安时代末期名将，谋略过人、骁勇善战，为日本人民所爱戴。

2　尼禄（37—68），罗马帝国第五位皇帝，在位期间行为残暴。后世对他的形象描述不佳，世人称之为"嗜血的尼禄"。

我和他们没有任何关系。

一次是我坐在火车里，而这列火车奔驰在国外某处貌似荒野的地方。火车在荒野正中停了下来，那里是一个车站，但却没有站台，也没有其他任何东西。在梦里，我想这是在做梦，所以接受了没有站台这个情况。我当时想：哦，这里应该有建筑大师勒·柯布西耶[1]设计的未完成的修道院，于是便下了车开始在地面上寻找，很快便发现了一块用薄薄的水泥分割出来的沙土地。我想就是这里了！可是，这是一块多么无聊的地基啊。就算是尚未完成的作品，柯布西耶也不想让人知道吧……即使在梦里，我依然那么不知天高地厚。这时突然出现了一位身着灰色长衣的修女，她留着一头金发，有一双清澈透明的碧眼。就用这双碧眼，这位西方的女士看透了我的所有心思，并

---

1 勒·柯布西耶（Le Corbusier, 1887—1965），法国人，出生于瑞士，是 20 世纪最著名的建筑大师之一。2016 年由他设计的十七栋建筑被列入联合国教科文组织《世界遗产名录》，其中包括位于东京的日本国立西洋美术馆。

开始愤怒起来。她雪白的面庞一点点变红，逐渐变成了一个秃头的老爷爷。这个满脸通红、勃然大怒的老爷爷正是柯布西耶本人。我对建筑也并没有什么特殊的兴趣，他却从彼岸世界千里迢迢地赶来参加我的梦境演出，真是旅途辛苦了！

电视上那些做新闻主播的大叔，他们的名字我都对不上号。但其中有一个人曾经出现在我的梦里。梦中，我在电视台里迷了路，正在到处乱转。他把我带到摄影棚（现实中我从来没去过那种地方）的舞台幕布（我甚至都不知道摄影棚里有没有这种东西）的后面，把我推倒在地欲行不轨。

我在梦中暴露出了自己的私欲，心想，就算只是在做梦，我也希望被更帅一点的男人推倒啊！于是我用尽全力把大叔一脚踢开，大步流星地离开了，而为何不是更帅的男人这个念头一直萦绕于心。可是时至今日，哪怕只是在梦里，也必须感谢这样的安排。到了现在这个年纪，这样不光彩的梦已经梦不到了，变得让人十分想念却可望而不可即了。

更早之前，我曾是野坂昭如[1]老师的忠实读者。我是通过照片看到他的长相的。我梦见我们俩在多摩川约会，我欣喜若狂，以至于在梦里都觉得这真像做梦一样啊！我对他心醉神迷、渴望着能更进一步。虽然我已经产生了如此不光彩的想法，可就在即将更进一步的关键时刻，野坂老师突然说："你，不用去幼儿园接孩子吗？"我猛地一下惊醒了。

那个时候，去幼儿园接孩子的时间已经让我神经过敏了。我整个人都呆呆的，这就像已经摆在面前却没吃到嘴的寿司一样，我懊悔不已，紧紧抱住了枕头，而枕下就放着一本老师的著作。我想，在紧挨着头的地方放了老师的书，那么做这样的梦也是理所当然的。既然这样，从第二天起，我便在枕头下放了有詹姆斯·迪恩照片的杂志。可是有了私心杂念就不灵了，他是不可能出

---

1 野坂昭如（1930—2015），日本著名作家、剧作家、作词人、歌手。

现的呀。

怎么搞的，我写的都是一些不光彩的梦，恐怕你已经认为我是一个病态的龌龊之人了吧。其实我也曾做过自己被一个小小的鲸鱼家族围绕着，在温暖的大海里游泳的梦。也做过一条绿色的蛇变成了绿宝石项链的梦。还做过一摊开手就会开出白色花朵的梦。做过杀人分尸，并将其装进黑色橡胶袋去毁尸灭迹的梦。做过自己的车悬挂在六十层的大楼上摇摇欲坠的梦……

我在神经症最严重的时候，完全没有做过梦。病情稍稍好转一些后，我做了一场噩梦，吓出一身冷汗，浑身湿透地惊醒，这才突然发现原来自己已经很多年没有做过梦了。明明是一场噩梦，但我却觉得好像一坨压抑在心中的，仿佛宿便一样的东西融化了，心情反而很戏剧化地变得轻松了。原来哪怕是无意识的，我也是一直在压抑着自己啊。我的整个身体都感受到了这一点。

和不做任何噩梦相比，还是做噩梦对身体更好。梦境和现实像两部电影一样同时上映才是健康的吧。我觉得梦境分析什么的都无所谓，就把它当作可以免费观看的前卫电影好了。只要我们活着，这电影就能够继续看下去啊。

"玉三郎"核桃

〇子小姐：

去年为府上安装了洗衣机放置台的那个小新，今年秋天为自己漫长的待业生涯画上了休止符。像他这种能把失业生活也过得有滋有味的人是绝无仅有的。这事咱们改日再聊。

当初他为了那个洗衣机放置台的设计，这样也不行、那样也不对，直至午夜三点还在反复折腾图纸的样子，只要见过的人，就都能感受到他在职场上是多么努力了。可是我听说，就因为他这么拼命反而受到同事的排挤——说就显着他一个人在干活了，这种事发生了好几次。他跟我说您那天也是回复了一句"嗯——，也许吧"，便陷入了沉思。

总之，无论如何他能找到工作，可喜可贺。

小新的小鸟死了，他现在养着一只小松鼠。他给小松鼠喂的是核桃，在专门出售宠物食品的店里有卖的。听说核桃有每个十日元、二十日元和三十日元的三种。十日元和三十日元的差别非常明显。三十日元的核桃几乎每一个都散发着粉色的光芒，果肉充盈紧实，美味的程度也是十日元那种的三倍以上。"虽然这么说有点对不住，但如果说洋子是那种十元的核桃的话，三十元的就是玉三郎[1]啊！"为什么这个比喻说的是玉三郎，我不是十分清楚但也多少知道一些。

小新一直给他的松鼠吃十日元一个的核桃。他认为如果偶尔让小松鼠吃了三十日元的核桃，

---

1 五代目坂东玉三郎，日本国宝级歌舞伎演员，擅长女形即男旦表演，被誉为"日本的梅兰芳"。

反而会让小松鼠意识到自己的不幸。他去参加了好几个公司的面试，但毫不犹豫地选择了现在这份工作，就是因为这家公司门前有好几棵巨大的核桃树。虽然从家骑车去公司要花四十分钟，但那几棵核桃树似乎足以决定小新的命运了。那树上的核桃就是他说的"玉三郎"。他说那里没人会去，更没有人会去捡拾那些核桃。小新每天一早就去公司，他把核桃装满袋子再放在自行车上，他说他的收获"够我家的松鼠吃一整年还有富余"，这个冬天也是"我家松鼠尽情享用美食"的季节！

　　他还有额外的收获。因为他每天要骑车四十分钟，所以也会经过各种各样的道路。有一天早上在骑车途中，他看见有四五个阿姨手里拿着塑料袋，聚精会神地看着地面转来转去。于是他问道："是什么啊？"回答是："银杏果。"小新特别喜欢吃银杏果，所以点头说道："这样啊！"第二天他比平时提前了三十分钟离开家，但到了地方发现已经有几个阿姨又在聚精会神地观察地面了。

只不过这些阿姨和前一天的并不是同一伙人。

小新心想"这决不能输!",于是第二天天没亮,他就骑上自行车杀到了银杏树下收获了很多银杏果。我们家过年吃的御节料理中的银杏果,就是小新把那些"奇臭无比"、让人无法忍受的好东西洗得白白净净的邮寄给我的。在北海道一个小小的住宅区里,小松鼠吃着"玉三郎"核桃,而小新和他夫人开心地注视着它,想到这一幕我也觉得很幸福。

而且在一个下雪的日子里,我家门口突然出现了小新寄来的很重很重的纸板箱,里面全都是淀粉。在那之前,我一直以为淀粉都是装在一个细长的纸袋里的,可是北海道的淀粉是装在一个大大的塑料袋里的。

大概有二十多袋吧。"那是什么啊?"我打电话去问。"啊哈哈……,那个啊,那是我老妈的遗物哟!""啊?! 她老人家去世了吗?""没,她硬朗得很。但她说想趁着身体还好的时候就把遗物都分赠给大家。姐姐们都拿了戒指啊,珍珠什么的,轮到我就只剩壁橱最上面一层装得满满的淀粉了。我家老妈专买超市的特价商品，那可是北海道的特价淀粉哦！也不知道她花了多少年攒下了这么多。淀粉成了遗物这种事你听说过吗？"

我每次想到小新，就不由得觉得自己是一个庸俗的人。金钱、面子和舒适的生活，这一切我都没有勇气放弃。我为自己每天都过着浮躁且内心贫瘠的生活而感到无地自容。但与此同时，他也给了我很多鼓励，告诉我去除掉那些多余的部分，就可以无所畏惧地活着。我甚至觉得小新简直就是圣方济各[1]。话说你需要淀粉吗？

1 圣方济各（San Francesco di Assisi, 1182—1226），又称圣弗朗西斯科、圣法兰西斯，出生于意大利中部城市亚西西城，是天主教方济各会和方济各女修会创始人。

沙、沙、沙——

〇子小姐：

现在天气还很寒冷，所以没有蟑螂。如果是它本尊正在四处游荡、十分碍眼之时跟您讨论蟑螂这个话题的话，恐怕是要遭到嫌弃的，所以趁着冬天我们来聊聊吧！只要和有些女士提到蟑螂这个词，她们就会高声惊叫，或者直接说："住嘴！"这一情况我也是充分了解的。不过，您不是和一位可以帮您敲死蟑螂的男士结婚了吗？而我是一点都不怕蟑螂的。我会事先布置好那种有黏糊糊的底板的"蟑螂小屋"，第二天再悄悄地掀去小屋的屋顶，去清点一下到底有多少只小强正在扭动着身躯痛苦挣扎，这可是我的一件乐事。

蟑螂也是的，被抓住的都是一些小毛孩或顶多初中生程度的不谙世事的家伙，简直就像那些颜色尚浅、还没什么"螂生"阅历的家伙们的集体自杀。可是那些看上去去年或前年就已经开始了蟑螂生涯的，身材巨大、油光水滑、羽翼泛着光的，仿佛是黑暗势力的至尊王者阿尔·卡彭[1]一样的家伙们，都只在"蟑螂小屋"的房檐下"嗖、嗖、嗖"地高速迂回一下就消失不见了。我想，它们一定是逃进了抽屉里，于是我"唰"地一下，用女魔法帅的手法猛地拉开抽屉，但它们已经逃得无影无踪了。可是，绝对是同一个家伙，第二天会在洗碗池上露出一副"哈哈哈！大爷我在这儿哟!"的架势，好像是来嘲笑我一样——"沙、沙、沙"地跑来跑去。那个样子简直就像它在什

1　阿尔·卡彭（AI Capone，1899—1947），20世纪上半叶美国最有影响力的黑手党头目。他曾掌权芝加哥黑手党集团"奥特菲"，使之成为当时最凶狠的犯罪集团。

么学校里接受了某种不被"蟑螂小屋"捉住的专门训练一样。不过，终于，当我在"蟑螂小屋"里看到这个油光水滑、黝黑锃亮的家伙也一样扭动着身躯、痛苦挣扎时的那种喜悦之情，简直就像我突然发了横财一样，心底油然而生的成就感，或者说是满足感，再或者说是充实感，让我觉得，活着可真好啊！甚至想手舞足蹈的我是不是有点奇怪呢？会不会让人觉得动物保护组织应该把蟑螂也保护起来呢？

　　尽管如此，我并不觉得蟑螂对我具有什么猛烈的毒性。可能只是它们住的地方不对，或者说给我留下的第一印象不太好。有一次，"蟑螂小屋"里闯进了一只蜈蚣。因为蜈蚣有上百条腿，每条腿都牢牢地粘在了黏糊糊的底板上，所以它彻底动弹不得死掉了。我不知道为什么，只觉得："啊，好可怜！"虽然相比之下蜈蚣是有毒的，人一旦被蜇到就必须去医院才行，但我还是觉得它好像是客死在日本的外国人一样。而且我发现自己比起蟑螂，会对蜈蚣抱有一份尊敬。

而比起蜈蚣，我认为马蜂更了不起，比起马蜂，眼镜蛇更酷。可是，就是因为可能会伤害到人类，我们就单方面地决定清除它们，这样可以吗？

蝴蝶就深受喜爱，可蟑螂就被深恶痛绝，这样好吗？

哪怕蟑螂，它们也在很努力地活着。直到长成油光水滑、翅膀泛出黑黝黝的光的模样，它们到底是经历了多少磨难才活过来的啊。可是作为人类的我，越是抓到了大个的蟑螂越会觉得干得漂亮！认为自己干得漂亮的我，在您心中会不会是一个残忍的女人呢？

抱着一条大鱼，露出满面爽朗笑容的海明威，不是全世界男人向往的样子吗？那条大鱼到底对人类做了什么坏事呢？海明威也并不是因为自己搞到了人类生存所必需的食物才笑得如此爽朗的。

我抓到黝黑锃亮、油光水滑的大蟑螂时的喜悦不也是一样吗？这件事对我来说没有任何技术难度，也无须冒任何风险，而从被杀害的一方来看，这些都无所谓。长也好，短也罢，一辈子总要结束的。而且，我一边把"蟑螂小屋"丢进垃圾桶，一边在想下辈子投生成一只蟑螂也无所谓，只是千万不能靠近这个小屋，一定要"沙、沙、沙"地努力活下去。我感觉那会是非常单纯的一生。我觉得可能还是作为人类死去，才是最漫长而痛苦的一生。要活一百年的动物，除了人类还有谁吗？而且，我们口口声声说要保护地球，可是站在地球的角度来看的话，人类才是头号公害吧。到了五月份，我就会从屋顶向"蟑螂小屋"里窥视，并露出得意的微笑。神灵会宽恕这样的我吗？

马的眼睛

〇子小姐：

其实也讲不出什么道理，但我有一个秘密。这件事让我感到羞愧难当。也许有人不以为意，但我觉得很丢脸。

我去马术俱乐部骑马了。在田地里耕田时对马喊着"驾、驾"，赶着马到处走时，我并不会觉得害羞。可是，当我戴上天鹅绒的帽子，穿着马裤配上长靴，骑上那腿部精壮修长的马匹的背部时，就觉得十分羞愧。仿佛是我背叛了自己的出身，动了什么手脚混进了别的阶级。可是所谓的民主主义，就是无论什么事只需付出微薄的金钱代价就可以如愿以偿的。

正是这一点，让我觉得羞愧。和之前我骑摩托车时一样，在还没有爬上马背之前，我先在置办行头上下足了功夫。当然，黑色的天鹅绒帽子、膝部带有皮质贴片的灯芯绒裤子、锃光瓦亮的长靴，我全都买好了。本来还想买一件红色的毛呢外套，可听说那是比赛专用的，不是练习时穿的，有点丢人现眼了。

第一次爬上马背时，我已经开始后悔了。马比看上去要高很多很多。

首先，我的脚就够不着马镫。我用手紧紧抓住马鞍，请马术教练小哥帮忙推着我的屁股，跨上马背的时候我觉得自己的屁股已经要裂开了。

如果是在三十年前，比那个马背还要高的阳台，我也是轻轻一跃就能跳上去，我曾用这种方式多次翻进自己的家。我把钥匙搞丢了的时候，就醒悟到我家就算进了小偷也不足为奇。马场位于绝佳的景色之中，闪耀着银色光芒的浅间山，和环绕在它周围的上州的群峦叠嶂都头顶着皑皑的白雪，美轮美奂。

我双手紧紧握着缰绳，没有一丝一毫的松懈可以去眺望周围的风景。我能看到的只有粘着疙疙瘩瘩的泥块的马鬃和那下面不断吐着冒泡儿的白色唾沫的马嘴。那马嘴一直像失去了弹性的口香糖一样歪歪扭扭的。

当年源义经在一之谷的陡峭山坡上纵马而下[1]，一想到这个，我觉得他比超人在天上飞还厉害。还有牛仔可以一边骑马一边开枪射击，就算脑子再怎么蠢钝的牛仔，我都想给他颁发诺贝尔奖。那家马术俱乐部我只去了两三趟，马就已经开始看不起我了。我刚上马，它便停下来拉起屎来，终于拉完之后极不情愿地只走五米便又站下，这次则是如瀑布般飞流直下地撒起尿来。

---

1 一之谷为日本地名，位于现在的兵库县神户市须磨区。1184 年源平合战期间在此发生了著名的"一之谷之战"。源义经率几十精锐骑兵从敌军背后的悬崖上一冲而下杀入战场，让平家军误以为受到前后夹击而瞬间崩溃。一之谷之战是日本军事史上经典的奇袭战案例，被不断传颂。

而在整个过程中，我都感觉自己的屁股正在裂开。马这家伙，真的骑上去了才会发现它的后背是非常宽的。而且，骑在马背上就会想，虽说现在能够骑在马背上了，但那又能怎样呢？我既不是要去打仗，又不能骑着它去购物，更不可能现在开始踏上专业骑手的道路。想用这个技能去诓骗贵族男士，我又不具备应有的年轻与美貌。可是，我已经下了那么多血本，还是有一点抠门的想法的。我还是想有所长进的，哪怕只能值回长靴的鞋尖儿也好。

　　听说我去的那家马术俱乐部的马全都做了去势手术。据说如果不做这样的处理，哪怕混入一匹母马，公马们都会因欣喜若狂而失去控制，这简直和人类如出一辙。如果人也能做如此处理，恐怕就能解决人类几近全部的祸患了吧。

　　而且，我还听说，马只要聚集成群就一定会出现一个头目，而整个马群的性格都会变得和那个头马很像。所以找到一个好的头马很不容易。听说好的头马要处乱不惊，有非凡的胆量，还要有特别旺盛的好奇心，只要它出现，其他的马就会自然跟随着它，而最差劲的马就是莫名其妙、大惊小怪的马。

有点风吹草动就不能自持、异常兴奋，不合时宜地大惊小怪，如果有这样的马，整个马群都会变得一团糟。这些都是我那温柔的马术教练小哥告诉我的。我们人类当中不是也有这样的人吗？我幡然醒悟，这种人可真是害群之马，但又觉得这似乎说的就是我自己。

话说回来，马的眼睛极其清澈纯净。就好像它们从一出生起就接受了自己是一匹马的宿命，双眸中透露出无限的安静和忧伤。我从未见过任何人类的双眼像马那样充满了深沉的悲伤。我看到马的眼睛，就会为自己身为人类而感到羞愧。因为我也没什么长进，所以本来就没有毅力的我最近都没有去上课。

圣母玛利亚和阿弥陀佛

〇子小姐：

直到前不久为止，我家养了一只名叫"桃子"的小狗。

在狗的世界里，异性之间的交往好像相当随意。桃子长着一张柴犬的脸，却有一个腊肠犬的奇特身材。它四条腿短得离奇，整个躯干又长到不可理喻。我带它走在外面，看见它的人都会停下脚步，目不转睛地看看桃子，然后再瞠目结舌地看看我。

小狗都很喜欢雪，在下雪的日子里，它们就

会在院子里跑来跑去，雪面上留下那小小的可爱的脚印就像一个个小洞。可是桃子跑过的地方从没有这些，取而代之的是整个身体把雪面削掉一层，形成一道宽度很宽的或弯或直的沟壑。对此我也只能报以哈哈大笑了。我家孩子也笑了，隔壁邻居一家人也都笑了。不知道是不是因为这个特殊体形，桃子总是忧心忡忡地皱着八字眉，露出一种相当悲伤的眼神。它看上去非常善良，实际上也真的非常善良。

我听说腊肠犬是人工培养出来的品种，它要支撑这样超长的身体是十分吃力的，会伤及它的腰（到底哪部分算是狗的腰呢？），甚至为此失去生命的情况也屡有发生。于是，桃子年老后腰也撑不住，最后卧床不起了，而那个时期我一直不在家，为了照顾桃子，我请朋友纪子住在我家。

纪子对桃子的喜爱程度令人难以置信，而其中最不敢相信的恐怕就是桃子自己了。"桃子到了晚年，才终于得到了爱。"——说出这种话的另一位朋友，每次一到我家就会抱怨说："桃子好坏啊！总是用一种好像要一把搂住你一样的，极度渴望关爱的眼神看着我，只要和它对上眼，我就感觉自己好像犯了罪一样良心受到谴责。"我就会一边回答说"它就天生长那样"，一边为自己对狗的爱意之浅薄而感到内疚。纪子和桃子基本就是热恋中的情人关系。桃子的态度突然变得有些骄横，这和一直找不到对象的女生第一次被人追就变得得意洋洋别无二致。以前我和儿子一回家，它就流着口水兴奋地扑过来，现在偶尔见到它，它只能维持最低限度的情面，好像摇摇尾巴都不情愿地很快便转身离开了。打它生病之后纪子唉声叹气的样子，只是在旁边看着都让人心疼。

桃子失去食欲之后，纪子为它做蔬菜汤，喂它吃牛里脊肉，还在家里给它盖上毛毯，而尽管桃子已经病重，还会为了小便拖着直不起的腰，一边发出疼痛的悲鸣，一边走到院子正中。当它筋疲力尽地趴下来时，纪子也会脱下自己的外套和桃子一样横躺在地面上，一边哭一边伸手去抚摸安慰桃子。

终于，我接到了纪子声音低沉的电话："就在今天黎明……今晚我们为桃子守夜。"我急忙跑回家，只见大门上贴着一张白纸，上面写着"入口在另一侧"，还画了箭头。后门那里堆满了鞋子，很多人喧闹地挤在我家狭小的房子里。葬礼用的豆沙包堆成了山，炖菜和豆腐皮寿司也蔚为壮观。大家都是纪子的朋友，这个守夜活动好像很正式。

　　玄关地面上铺着毯子，桃子被安放在毯子上。虽然还未到桃花盛开的季节，但桃子的头上戴着一个用桃花枝圈成的花冠。"因为它是桃子嘛。"纪子伤感地说道。戴着桃花花冠的桃子，看上去宛如住在天堂里的安详的小狗天使一般。

　　而且，桃子胸前还抱着一个小小的圣母玛利亚立像。在它的头侧面还摆放着一本小小的圣经，而就在它头边的地面上还竖着一根我从没见过的又粗又长的线香（高度有三十厘米，粗细大概八毫米），焚烧形成一条细长的烟柱。那线香上画着阿弥陀佛的画像，下面用梵文写着"南无妙法莲华经"的字样。

此时邻居家的男主人穿着日式短褂，手里拿着念珠，就在这佛事祭坛和圣母玛利亚的近旁，开始念起来了《般若心经》："般若波罗蜜……"——这位邻居家的男主人曾经给桃子做了一个小屋，对桃子十分疼爱。

　　那粗大的线香烧出的香灰并不会落下，而是原封不动变成白色立在原处，而那上面的阿弥陀佛画像和南无妙法莲华经的字样都会变成黑色鲜明地浮现出来。生活在日本的混血儿桃子，在所有神佛的守护下，结束了自己的一生，而且还戴着桃花的花冠。

狂　风

〇子小姐：

前些日子我到附近的农户新井先生家去玩，结果发现那一带因为冬季过于寒冷而无法从事农业生产。新井先生就一直坐在劳动作坊的暖炉旁用竹子编着笊篱。

"这些是要卖的吗?""不卖哟。是送人的。"我想我当时一定露出了非常想要的表情。

我环视了一圈，发现还有用木通[1]的藤蔓编织

1　木通是木通科木通属的落叶缠绕木质藤本植物，根、茎、果可作药用，原产于中国长江流域以南地区，在朝鲜、日本亦（转下页）

的篮子。"这个也是新井先生您编的吗？""啊啊，我去年像那样晒了好多。"预制水泥块垒成的墙壁上，悬挂着捆扎成束的木通藤蔓。

"现在要买一个木通藤编的篮子可贵了。""这样啊。"我对木通藤编的篮子也一定露出了极其想要的贪得无厌的表情。

"这手艺是您学的吗？""我啊，可没跟谁学过，这个看看就会了呀。"

新井先生的双手正在"唰唰"地把竹子劈成细薄的篾条，而我一直目不转睛地盯着看。这光景无论我看多久都不会觉得厌倦。我们在卖厨房用品的商店或百货公司里买下一个笊篱时，可能什么都不会想。如果没见过这样制作笊篱时的样子，恐怕就会什么都不想地习以为常吧。

突然，新井先生说了起来。"最近这两年啊，我们这里出现了熊。""啊?! 在哪里啊？""玉米地

（接上页）有分布。自江户时代中后期，日本开始出现用木通藤编制的手工艺品。青森县的津轻地区、秋田县的美乡町、山形县的月山、长野县的野泽温泉等地是木通藤编工艺品的著名产地。

里。它们是来吃玉米的。熊是怎么知道的呢？玉米还小的时候它们是不吃的，它们也没有把每一个都扒开来看。但一到玉米成熟到刚刚好的时候，它们就跑来吃个饱。我们这些农户都很头疼呢。这么想想，它们的鼻子一定很灵吧。"

有一次新井先生发现了一件事。他在山里走路的时候，发现了熊走的路——熊会"笔则"[1]地朝前走，到了某个地方会换一个方向，然后继续"笔则"地朝前走，然后再换方向再"笔则"地走。

而那个所谓的某个地方一定有一株土当归。熊会把土当归的嫩芽全部掰下来吃掉，然后再"笔则"地前往下一株土当归。新井先生说这就是他的发现。

"熊的鼻子一定很灵。它们所到之处的土当归嫩芽被吃得一干二净，真的一个都不剩啊。"原来熊的鼻子这么灵敏，这让我很吃惊。但比起这个，

---

1 新井先生的口音，实为"笔直"。

我更敬佩在山里发现了笔直线路的新井先生。

"熊啊，如果人类什么都不做的话，它们是绝对绝对不会攻击人类的。但是带着孩子的母熊是很危险的。有一次，我就在熊川那里遇到了一只带孩子的母熊。当时河对面有一户人家，住着老奶奶和老爷爷两个人。我是从下面往上走的，结果就把带孩子的母熊夹在中间了。那熊往哪边都走不了了，于是就'嘎——'地一声吼出了一阵狂风。旁边的树枝都'咔嚓咔嚓'地折了，不得了哦。它用这样的办法保护自己的孩子。当时真的太危险了。老奶奶报了警，把猎友会的人都叫来了，他们只开枪打了母熊，没抓小熊。"

"新井先生是怎么获救的啊?""我啊，就只是慌不择路地逃命了，绕了老大一圈呢。"

听说后来母熊被关在笼子里，而它的孩子们都紧跟着母亲不肯离开。"还是那么小的熊宝宝，就在妈妈的笼子外面绕来绕去地哭叫。这时候笼子里面的母熊真是了不起啊!已经中了枪还在流血，但又'嘎——'地呼出一阵狂风，它在说

'快离开！快逃！'，毛全都立起来了，身体看上去有原来两倍那么大。那样折腾了一段时间，小熊好像终于明白了，就回到山里去了。真的好聪明啊！看着好可怜呢。哎，即使人类也做不到那样，母熊和小熊都很厉害啊！"

虽然也有一种观点认为人类的母爱并非本能，但人类毕竟还是一种动物。我觉得我们已经忘了自己还是动物这一基本事实。我们会不会太自以为是地认为人类就是人类了？我们做人的时候，不要扼杀掉和熊差不多的野性本能，这真的做不到吗？

蜘蛛丝

〇子小姐：

正如您所知道的那样，我家位于多摩的山中。如果是夏季，从下往上看我家，葛藤的枝叶从三个方向攀爬而上，简直就像《厄舍府的崩塌》[1]里写的那样令人不安。蜈蚣、蛇，各种虫子都会不请自来。

---

1 原题为 *The Fall of the House of Usher*，是美国作家爱伦·坡创作的短篇小说，发表于1839年。小说描写了主人公受古老家族后裔厄舍兄妹的邀请在厄舍府的奇妙经历。这是一个阴森恐怖的故事，厄舍府弥漫着一种阴郁而窒息的气息，摇摇欲坠并最终崩塌。

早晨打开大门刚要出门，却只见蜘蛛网随风招展。

从邻居家的围墙到我家的屋檐下，蜘蛛在那里构建了一个颇为壮观的居所。如果不把它摧毁，我就没办法出门。下雨的日子里，那一根根纤细的银丝上会结出小巧的水滴，累累如珠随风摇曳，好一个从中心向四周结构巧妙且玲珑剔透的居所啊！这世上还有其他生物会住在如此无常纤弱的住宅里吗？对不住了。我拿起伞架里的伞将这居所一举摧毁。可是，傍晚时分当我回家的时候，蜘蛛已经在完全相同的位置上又建好了一个新的"私人住宅"。不好意思。我又一次随意操起那附近的东西，像土地开发商的推土机一样把蜘蛛的家拆除。自己的家每天都被破坏，它们是不是也应该稍作思考呢？是不是应该考虑搬家去可以安心生活的地方呢？——那里住着的是一只个头相当大的带着黄色条纹的黑蜘蛛。

那些被残忍毁掉的"住宅"都粘在雨伞上，粘在雨伞上的家就只是甩不掉的脏兮兮的垃圾。

即使注定会遭到破坏，居住者还会义无反顾地每天坚持建设，并在不知不觉间繁衍着子孙。一抬头，我发现在门槛下小小的蜘蛛建造了小小的家，中等大小的蜘蛛建造了中等大小的家。到处都结着蜘蛛网，这是荒废至极的房子的象征，在很多书籍和电影里有这样的描写。

可是，我不能对蜘蛛本身大开杀戒。倒不是因为我心地善良，也不是因为我害怕蜘蛛，而是因为我只要看见蜘蛛网上的哪怕一根丝，都会瞬间联想到芥川龙之介的《蜘蛛丝》[1]。如果一天看见三次，就会很忠实地联想到三次。

而且，我会被自己的恐惧驱使。我并不是害怕落入地狱，也不是随时抱着不杀生的慈悲之心，而是我总想起《蜘蛛丝》中那个十恶不赦的坏人无意间向下看的瞬间。我会一下子感受到他发现细细的蜘蛛丝上挂着无数人的那个瞬间的心情。

1　芥川龙之介（1892—1927），日本著名小说家，代表作有《罗生门》《竹林中》《鼻子》等。《蜘蛛丝》是芥川龙之介创作的短篇小说，描写了佛祖用一根蜘蛛丝解救落入地狱的江洋大盗的故事。

从儿时起，每每读到此处，我都会不由得发自心底同情那个坏人。我认为在这部作品中数这个瞬间是最恐怖的——

把自己身下挂着的无数人都踢下去，想方设法让自己获救。只要是一个人，本能地这样想不是很自然的吗？

于是很自然地我就化身为那个坏人，看到了那些聚集在自己身下的挂在那根细细的蜘蛛丝上的老奶奶、小孩子、强盗……

如果说，给我一周的时间让我把这件事好好思考，再给出答案的话，我是能想明白的。可是一瞬间的判断就只能依靠本能了吧。佛祖也并没有那么慈悲为怀不是吗？他让我们接受如此残酷的考验。

先给人一个虚无的希望，然后再让这个希望破灭，这才是最大的打击。我每次捣毁蜘蛛的家时都会这么想。

也许你会认为只要把蜘蛛杀了就好了，可是那个时刻的我完全是刚从地狱爬上来的那个坏人的心境，真的杀不了。好可怕！

整个冬天，都很安逸舒坦。

很快，玄关旁的山茶花树就会开出团团簇簇
硕大的白色花朵。然后那带着蜡质光泽的叶片也
会变得郁郁葱葱。到了那个时候，台阶扶手和山
茶花树之间也会出现规模宏大的蜘蛛居所。

如果要前往杂物仓房就必须将其摧毁。从现
在开始我的脑子里每天都在喊"不要啊！"。这么
说，如果佛祖每天都从天上观察我，对我没有杀
死蜘蛛一举视而不见，却把我每天都毁掉蜘蛛家
这事一一记在小本子上的话，他一定会让我进地
狱的。哪怕他向地狱"咻——"地投下一根蜘蛛
丝来救我，我想我也不会去抓。因为我一定会和
那个十恶不赦的坏人做出一样的事，一定会的，
我想。

兢兢业业、兢兢业业

〇子小姐：

可能是因为我生性怯懦，所以每次坐上出租车，当那个狭小空间被沉默填满时，我总会觉得气氛有些尴尬，便主动开口说出"今天好冷啊"之类的话。可是司机师傅一直都坐在开着空调的车里，所以大多只会回答"是吗?"，于是我又会随口甩出"最近生意好吗?"这样老气横秋的问题。

有一次我刚一坐进车里，司机怒喝道："别说话!"还没等我说出目的地，车子已经自顾自地出发了。同时，前方驾驶席传来了"不中用！混蛋、混蛋！"的声音。车载收音机十分聒噪地播放着赛马比赛的实况转播。"赛马，正在赛马呢。需要安静。客人您要去哪儿？"我禀告的目的地，他好像根本没有听进去。司机师傅屏住呼吸直勾勾地瞪着前方，但他瞪着的地方好像并不是前方，而是虚空。只见他的脸色变得苍白，眼睛向上吊着，这面相倒是与他十分相配。"冲！冲！冲啊——！"现在他又开始"咣当咣当"地前后摇动方向盘。我始终没有找到说出"放我下车"的时机，整个车内的空气都被一股杀气冻结了。

"哦、哦、哦……"司机师傅整个身体向后仰去，还闭上了眼睛。"这是最后一局比赛了。"现在轮到我闭上眼睛了。我不知道一局比赛一共多少分钟，但感觉真的很长很长。因为我也跟着一起"冲、冲、冲！"地祈祷来着。比赛一结束司机师傅就把车停了下来，整个人趴在了方向盘上，而他正好停在了铁路道口上，他"哈、哈……"地耸动着肩膀喘着粗气。

后面的车"嘀——嘀——"地按着喇叭，"吵死了，没工夫理你！"他回过头来，眼睛里布满了血丝。

后来，车子慢悠悠地启动了，与其说是活人在驾驶，还不如说是幽灵在掌控方向盘。"客人哟，我把所有家当都赌上了。全部财产，还有预支的工资和奖金全都回不来了。饭碗也保不住了，人生已经结束了。"他用阴郁的声音说道。我心想这个人到底遇到了什么事呢？

"最近生意好吗？"我又向另一个司机师傅问了这句话。

"我说啊，这生意好做也好，不好做也罢，人啊，就得兢兢业业、兢兢业业地工作。做好自己的工作，这就是人生。只要你能兢兢业业地工作，就肯定错不了。我就抱着这个想法，老老实实地、孜孜不倦地干活儿，兢兢业业、兢兢业业地……"

"是啊，真是这样呢。"我也彻底进入了自我反省的状态中。

"我还以为司机师傅都喜欢赌博呢。""也有

那样的人。但没有人能靠赌博赚到钱。""说的
也是。"

这时，司机师傅压低了嗓音："我啊，赌
赛马中了四千三百万日元。""啊?!""是朋友
拉我去的，然后就稀里糊涂地买了，结果就中
了。""哦?!""当时可不是吃惊那么简单，简直
是吓得瘫在地上都站不起来了。我带去的钱只有
八千日元，八千日元啊。而且那是当天的最后一
局比赛。""那么，那个钱是给您的现金吗?""是
啊。""那得多大一包啊?"

"虽说是四千三百万，其实也没有很大。就是
纸袋子，对了，就是百货公司的购物纸袋一半那
么大。把它带回家的一路上我都是这样揣在外套
里面的。那个时候脑子还没转过来，都不知道坐
出租车回家。就坐了电车和公共汽车回的家。"原
来会这样啊。"可是你知道吗? 最头疼的是我老婆，
她还以为这钱是我从哪里抢劫回来的。她一口咬
定，因为我平时从来没赌过赛马什么的。"

他的妻子一直认为他是能够去抢劫的人来

着吗？

　　"这个嘛，如果丈夫突然带着四千三百万现金回来的话，恐怕会那样想的。""那么，那个钱怎么花的呢？""买了公寓。在江户川那边。哎呀，真是很感激这笔钱呢。""就没想用这笔钱做本金再赌两把？""不行，那么干的话，人就废了。做人不兢兢业业、兢兢业业地工作可不行。我是这么想的。"

　　这位一定是从早上睁眼开始到晚上睡觉为止，一直像念经一样诵念着"兢兢业业、兢兢业业"才会安心吧。

咯吱咯吱、咯吱咯吱

〇子小姐：

您将来打算把自己葬在哪里啊？

前些日子，我陪一位好友去购买墓地。

在奥多摩[1]的小山层峦叠嶂之间有一个小小的寺庙，墓地就在那所寺庙里。据说那里是"晚霞啊晚霞，太阳落山了"[2]这首童谣的原型所在地。

正是秋意最浓的时节，连绵重叠的小山周围

---

1 地名，位于东京都西部。

2 日本童谣《晚霞》中的前两句歌词。

都是如燃烧着的火焰般的红叶。

这让我觉得那里似乎是一处很理想的墓地。

好友在选址方面相当地深思熟虑。"这边能看到朝阳，但我觉得能看到美丽夕阳的这个方向更好。"我心里想，人死了就什么都不知道了，不过做选择的毕竟是活着的人。当时我似乎恍然大悟地发现，原来所谓的死亡是只属于活着的时候的。"你要不要一起买啊？"被朋友如此劝说，我也觉得死后若还有朋友在身旁一定不会寂寞，确实十分动心。死了之后也不会感到寂寞，会如此考虑的也只是活着的我。

就在前几天，从我家步行只要两分钟路程的一家寺庙正在出售墓地，于是我也信步进去转了转。那块墓地的景观好到不可理喻，正前方是一望无际铺展开来的高尔夫球场的草坪，墓地四周种植了一圈樱花树。一想到在樱花盛开的季节会有花瓣飘落在墓碑上，感觉就好像花瓣落在自己的肩头一样令人愉快。而且，这里日照很好，墓碑都正对着高尔夫球场的方向。加上这里距离公交车站也很近，诸如此类我想到的东西和房产中介的公寓广告完全相同。其实人死了之后日照好不好还有什么意义呢？但我还是会去想。

几年前，我认识的一位男士在去世前，留下了希望把自己的骨灰撒到某条河里的遗言。

被嘱托了遗言的朋友们，首先，一起去了河边踩点看看哪里合适。听说光是决定地点就花了一天的时间。

然后，在"断七"那天，几个人特意租了台面包车，带上骨灰、研钵和碾槌又一次出门了。明明是无宗教信仰的葬礼，但还是选了"断七"那一天，这就是日本人。当时一起去的一个男人后来跟我说："洋子哟，骨头这东西真的超级坚硬。我们带的研钵根本不管用啊。因为是在山里什么都没有，就只好又返回市中心买来了最大的擂钵还有擂槌，大家一起"咯吱咯吱、咯吱咯吱"地拼命研磨。那可和磨山药泥完全是两回事。我们一共花了五个多小时！一群大男人都搞出一身汗。结果一阵风吹来，骨灰的粉末被吹得到处都是，大家的脸都蒙上了一层白粉，只有两个鼻孔看上去是圆圆的两个黑洞。真的超级可笑，可是当时谁都没笑出来。"

"啊，我也跟你们一起去就好了。"

"后来呢，有些骨灰从擂钵里飞了出来，那个谁他竟然说了一声'啊！'，就用手指蘸上唾沫粘起来给吃了。那家伙可真行啊！毕竟我没办法那么干。当时我就想了，等我死了就用最普通、最普通的方式处理好了，那才是其他人最容易接受的吧。虽然我也没什么特殊的宗教信仰，但就在寺庙或殡仪馆按惯例处理就是最好的选择了。死这件事啊，并不是需要自己处理的事，而是需要活着的人去处理的事。所以全权交给活着的人去办就好了。"

"也许是这个道理呢。"

"那个谁啊，竟然说什么'请把我的骨灰洒到亚得里亚海[1]里'，我想那一定要死在他前面才行

---

1 地名，是地中海北部的海湾，位于意大利与巴尔干半岛之间。

啊。不然还要坐飞机跑到意大利？还是哪里？然后要么包一个直升机要么坐船去亚得里亚海。一旦被人嘱托了遗言，就不得不去完成。可是，没有墓地的话就没办法做法事不是？虽然法事看上去有些可笑，但我还是希望至少在这种时候大家能聚在一起，一起回忆一下死去的家伙。我想过了，所谓死，就是让还活着的人慢慢地接受这家伙已经死了这个事实。"

我应和道："知道了，你的法事我一定老老实实去参加，也会给你扫墓的。"

打这段对话之后，隐约地，我已经开始期待这个人的离世了。顺便也开始期待自己的葬礼了。

小写的"b"

〇子小姐：

亚洲蹲这种姿势您是不会做的吧？

我父亲是个动不动就亚洲蹲的人。我们还在北京的时候，有那种挑着一根扁担，把全套工具都装在一个红色箱子里，在街上营业的理发师。还有一边吹着"嘬嘬——"响的哨子，一边随处摆摊修理破损的杯碗的商人。我父亲就会蹲在这样的人身边跟人家聊天，而三四岁的我也会跟他一样蹲着，看见有掉在地上的枣子什么的捡起来就啃。

我们刚回到日本住在乡下的时候，他就蹲在堤坝上没完没了地看着那些在河边钓鱼的人。等他回家的时候，手里就会莫名其妙地拎着一条鳗鱼什么的，然后他一个人吃掉。种田的农民们在休息的时候，也会蹲在田间小道上，喝着茶嚼着腌渍过的萝卜咸菜。

我在意大利住女生宿舍时，一到夜里，来自各个国家的女孩子们就会在石板地上席地而坐玩扑克牌。尽管她们都是女孩子，坐在地板上的时候，却把两条腿大大咧咧地向前一伸，形成一个"V"字。所有人都只会这样一种内裤大走光的坐姿，甚至还有毛发露出，让我不禁唏嘘。

我既会正坐[1]，也会盘腿坐。当然我也很擅长亚洲蹲，而其他外国女孩绝对无法完成的就是一条腿盘坐，而另一条腿的膝盖立起来的坐姿。我在日本的澡堂看到用这种姿势坐着的裸体女性时，

1　日式正坐源于中国古代的正坐坐姿，即屁股放在并拢的小腿脚踝处，上身挺直。

第一次意识到这个姿势非常性感。

这么说来，上初中的时候，一到冬天我们女生就会蹲在学校教学楼的墙脚下晒太阳。然后一边"叽叽喳喳"地谈笑着、推搡着，一边欣赏着正在玩抛接棒球游戏的自己喜欢的男生。

后来，当我长大成人之后，就对亚洲蹲有所顾忌了。

像我父亲那样蹲在地上和素不相识的人也能聊得起劲的人也不太看得到了。我曾经一度以为那只是因为我父亲的成长条件不太好，但后来我看到一张芥川龙之介的照片，照片中他蹲在地上，并把两手放在了两个膝盖上。

我偶尔从欧洲旅行回国时会经过曼谷或新加坡。如果去那种餐饮摊铺集中的集市的话，就会看到有些店家的老板娘三五成群地用亚洲蹲的姿势围在一起聊得热火朝天。当我看到这样的景象时就会想："啊，我果真是亚洲人啊！"一种安心感就会像汩汩流淌的泉水一样从内心深处不断地涌现出来。普通百姓那充满活力的烟火气，让人感到特别真实可靠。

巴厘岛希尔顿酒店那个卖箱包的店铺里的小姐姐，每天都会特意做好便当等着我去。我们俩躲在柜台的背面，光着脚蹲在地板上，把便当摊开放在面前，用手指把米饭和肉捏成团送进嘴里。那种可以在对方面前彻底放松的亲密感，是和隔着桌子吃饭时的状态完全不同的。

美国大城市里那些流浪汉的坐姿是很可怕的。死皮赖脸地向他人讨要毒资的他们，紧贴着建筑物的墙壁，把自己的身体折成一个"L"形，然后把两条腿放纵地摆在人行道上。这和那些我在意大利遇到的女生的坐姿是一样的，而他们的大长腿占据了人行道一半位置，从他们的腿上迈过去是需要勇气的。这些人都不会亚洲蹲，因为他们上厕所的时候，是不需要亚洲蹲的。凡是上厕所时需要亚洲蹲的国家的人都是可以亚洲蹲的。

文化的差异竟然反映在身体功能的差异上。东南亚正在不断地走向现代化，那么亚洲蹲会不会逐渐消失呢？

每当我看见便利店前三五成群蹲着的日本年轻人，都会给我的内心带来强烈的冲击。因为他们即使聚集在一起，依然散发着强烈的孤独感。

　　身为孤独的老阿姨的我，感受到一种强烈的冲动——很想走到他们身边，用同样亚洲蹲的姿势加入他们。

　　亚洲蹲，看上去很像一个小写的"b"呢。

三角形的羊羹

○子小姐：

我很喜欢看电视上的"贫穷生活节目"，不知道现在还有没有这样的节目了。与其说是贫穷，不如说是节俭，或者叫"守财奴生活节目"。

节目里有一个年轻的主妇把超市的所有打折宣传单都贴在本子上，哪怕只差一日元，也要花几个小时去更便宜的地方买东西。还有一家人坚持日出而作、日入而息。更有一个单身男子把盐渍裙带菜上的盐收集起来使用，便从来没买过盐。

就是这个人还在暖桌里自制过纳豆，他还说

在浴盆里只放入十八厘米高的热水，然后把身体斜躺进去就足够洗澡了。

无一例外，他们的冲水马桶都是用水桶汲取浴盆里的洗澡水冲洗的。也有人会在马桶周围摆上一大圈装满了洗澡水的塑料饮料瓶。

我每次看这个节目都会由衷地钦佩，而更令人感动的是这样的节俭或者说是小气让全家人都团结在一起，所有人都性格开朗、坚韧不屈，人生的目标都凝聚于一处。在他们积极向上的精神中，我感受到了某种不可名状的崇高的感觉。

与其说全家人一起攒钱是为了达成某一个目标，或者说因为家里确实收入太低不得不花心思和体力去节省，不如说节省这件事本身已经成为目标。他们给我一种勇往直前的感觉。

这激发出一种极具创造性的能量。全无一丝虚荣，也不畏他人目光，这当然痛快！我当机立断，决定从明天起自己也这样做，但很快又忘到九霄云外去了。

朋友的一个熟人会用装上水的金属盆代替锅

盖放在煮饭的锅子上，这样就可以在里面煮鸡蛋或者焯烫菠菜，此举也让我敬佩。可是如果我的邻居或亲戚中有人这么做，我好像并不会感到很愉快。

小气的人并不是为了财物才小气，而是他们天生的禀性就是小气的。我那个朋友说，因为小气的人性格就是小气的，所以他们也不会为别人花心思或者动感情。这么一说，对于这样的人也就不难理解了。

很久以前，我认识一个做推拿工作的大叔，他为人极度节俭。他是盲人，所以听说他既不用开灯，也不看电视，是真正做到日入而息的人。对于食物，哪怕再简单、粗糙，他也绝无怨言，反而菜里偶尔出现了碎猪肉什么的会惹得他不开心。

可是就是这个人，会每年一次向残障人士捐赠好几台轮椅，听说也捐赠过导盲犬。一只导盲犬的价格要超过一百万日元，我发自心底对他肃然起敬。

可是，据这位按摩师傅说："某某好小气哦！哪怕一次也好，我好想尝尝他家的羊羹啊！那羊羹竖着摆在盘子里，切得像纸一样薄，是三角形的，放在那儿也没人吃。"

曾经有人因为这位按摩师傅用发霉的点心招待他而生气，但我认为他是盲人看不出发霉而偏袒于他。小气的人对他人的小气大加诋毁真的很有趣。

平时我们是不会觉得自己小气的，所以完全无法宽容他人的小气。说到他人有多么小气的时候，总会越说越起劲。

而且，结论总会归结到越有钱的人越小气、正因为小气才变成有钱人的逻辑上。比如说某个地方有个有钱人，家中储物间里别人送的床单堆积成山，已经顶到了天棚，可是弟弟来要却遭到了他的拒绝。另一个有钱人，收到了作为岁末礼物的四箱土豆，但宁可让这些土豆都烂掉，他也不愿与其他人分享。诸如此类，每个人的熟人中总会有一两个小气鬼，无人幸免。不要啊！如果是这样的禀性，活着还有什么意思？

钱什么的，想怎么花就怎么花吧！干脆去吃寿司吧！说完了别人的小气之后，自己就会不管不顾地大肆浪费。

可是我依然认为，自己完全做不到的节俭是一种美德。虽然我心里也明白小气和节俭之间的界限并不是很清晰。

我给浴盆灌热水，总会灌多以至水溢出来，于是拔掉塞子放水，但又会放多；加热洗澡水热过头了水会太烫，于是添凉水又会添多……最终陷入永无止境的浪费。

如果我的孩子做了同样的事，我一定会被气得七窍生烟。

第一卷的一半

〇子小姐：

前些日子我受邀去拜访了一个熟人的工作室，那里摆放着很多书。

在那里我看到了摆成一排的全套《追忆似水年华》，于是问道："这个……你读完了吗？"回答是："这种东西谁会读啊？"当我进一步追问："你会在死之前读完它吗？"对方说道："哎，应该不会读吧。"

我还听说另外一位朋友，因为退休有了时间，于是一偿夙愿，买下了《追忆似水年华》，已经拉开了要把它读完的架势。

过了一个月我问他："读到哪里了？""第一卷的一半。"过了三个月我又问："读到哪里了？"回答却是："放弃了。"

另外，某杂志出了一期叫作《这一百年的文学》的特刊，一位特别权威的评论家说："首先普鲁斯特的《追忆似水年华》是一定跑不掉的。"对此另一位大评论家也深表认同地回应说："嗯，这部作品是绝对无法割舍的。"

"那么，这位先生，这部作品您全读过吗？""不，我没读过。""我也是，哈哈哈……"

尽管如此，《追忆似水年华》依然以第二位的成绩入选了 20 世纪最具代表性的文学作品排行榜。

我去看电影《查泰莱夫人的情人》，当身为贵族知识分子的丈夫向夫人推荐阅读《追忆似水年华》这本书时，夫人心不在焉地回答说："太无聊了。"看来查泰莱夫人也应该是读到了第一卷的一半吧。可是，我好想马上走上前去问问查泰莱先生，是否已经把这部小说全部读完了。

就是这样的我，在因为生病什么都做不了的时候，还是买下了文库版[1]的"这个家伙"，并带着它摇摇晃晃地走下飞机，来到了南方某国的一个小岛。尽管是文库版，一整套也是相当重的。

后来我去酒店里的商店买包。商店里的小姐姐是光着脚的。我试着为选中的包砍价，光着脚的小姐姐长着一双乌黑的大眼睛，笑容特别可爱。日本的女孩子过去也曾如此笑容可爱，我一时感慨万千。可是面对我的砍价，她很认真，表情变得凝重而严肃，相当不好对付。

我的软磨硬泡和她的据理力争来回反复了20分钟，最终我拎着一分钱都没有便宜的包回到了自己的房间。

没有体力和精力观光游览的我，一回到房间就仿佛回到了牢房。于是我每天都会忍着疼痛，

---

1 在日本，文库版一般是指 A6 大小、便于携带的，价格比较便宜的平装版图书。

把身体弓成一个小于号的样子去商店找小姐姐玩。光着脚的她每次都会给我看"这是我老公"的照片，还会光着脚去给我买茶，她也绝不肯收我的钱，我俩变成了好像十几年前就认识的好朋友。

"这是我老公"的照片上印着一个超级大帅哥，而且很像那种本人也充分意识到了自己帅的艺人的肖像照。

一眼看上去，"这是我老公"很像那种与生俱来喜欢吃软饭的男人。所以我无论如何也无法相信他会给笑容如此纯真的小姐姐带来幸福。我一直提心吊胆地看着还有半年孩子就要出生的，幸福地抚摸着自己肚子的小姐姐。

把"这个家伙"读到了第一卷的一半的时候，我拜托小姐姐把它海运寄回日本并离开了小岛。

我们彼此用拙劣的英文写下的信件在太平洋上往返了几个来回，她告诉我，她生下了双胞胎，但其中一个夭折了，还寄来了孩子的照片。于是我不得不同时写下了祝福和吊唁的话语。可是打那之后她突然杳无音信。

前几天我在自己的书房大吃了一惊。在书箱的角落里，我发现了一套和千里迢迢去南方某国小岛周游了一圈的"这个家伙"一模一样的另外一套。这么说来，在很久以前我就应该已经读到第一卷的一半了。

　　现在，每当我在某处看到"追忆似水年华"这几个字，我的眼前都会出现小姐姐那双乌黑的、执着的眼睛，还有"这是我老公"那双被浓密的睫毛包裹着的风情万种的眼睛。

装　死

　　〇子小姐：

　　我第一次见到蛇，是在九岁的时候。当时我们刚被遣返回日本，住在我父亲的乡下老家。我首先认识了一种叫作"青将军"[1]的蛇。它们又粗又长，怪不得被叫作"将军"。田地里、堤坝上、山林中，它们无所不在，"刺溜刺溜"地隐身在草丛中。

　　接下来我认识了一种名叫"野鸡脖子"的，

1　日本锦蛇（Elaphe climacophora），亦称日本鼠蛇，是蛇亚目游蛇科锦蛇属下的一种无毒蛇类。主要分布于日本，是当地的特有种。

身上带有黑色和红色斑纹的蛇。有一条很特别的野鸡脖子蛇，它定居在表姐明子家后院的那堵石头围墙里，是一条极其粗壮的蛇。可是，我从来没见过它从石墙里出来过。它总是慢慢地蠕动，然后固定下来，进而一动不动了。我曾经试着去戳它，结果被明子的奶奶教育了一番。

原来那条野鸡脖子蛇是明子家的守护神。我也逐渐了解到青将军是一种并不可怕的蛇，可以安心相处，而这两种蛇都不好吃，吃起来比较美味的是四线锦蛇，但因为数量很少，所以我到现在也没吃过四线锦蛇。

我和明子一起去山上玩。九岁的明子异常谨慎地对偶遇的蛇进行辨别，生怕把四线锦蛇和蝮蛇搞错了。当她断定了眼前这条不是蝮蛇之后，便猛地一把抓起蛇尾巴在空中用力挥舞，速度快到用眼睛根本看不清。然后她又突然开始用蛇"啪啪"地鞭打地面，终于，那条蛇晕死了过去，变得像一条绳子一样松松垮垮的。结果明子却说："哎呀！这个是青将军啊，不能吃的。"

直到今天，我一想起儿时明子那套光芒四射的麻利手法还会激动得心跳加快。好希望有朝一日我也能像明子一样把蛇在空中抡得嗖嗖作响，那个尽管年少却胸怀壮志的我真令人怀念啊！

我忍不住蹲下身来仔细观察那条已经浑身无力的蛇。只见那小小的鳞片紧密地一直排列到尾巴，鳞片自然流畅地一点点变小直至消失，而那尽头也正是蛇的身体结束的地方。其间黑色条纹井然有序地编入其中，那种精致让人觉得非常神秘。

"它死了吗?"我问明子，"它只是在装死哦!"明子转身大步离去的样子完全就是武林高手的风范。

天气转暖，就会有一条约一米半长的青将军从我家院子中间横穿而过。它每年都会如此穿行，在草坪还是茶色的时候。

而且，有时候它会在树篱笆旁边留下它蜕下的皮。脖子以下丝毫不差地保留了蛇的形状，并"沙沙"作响。就像用旧了的描图纸一样是半透明的，鳞片的形状也完美复刻。我好想亲眼目睹这蜕皮的瞬间啊！如果我是一条蛇，我能够很顺利地蜕皮吗？会疼吗？会痒吗？会很痛苦吗？会很舒服吗？……

每次我发现了蛇蜕，都觉得自己捡到了大宝贝，会轻轻地把它展开并装饰起来。有人看到了会大加赞许，夸说"这么大的实属罕见"。也有人大惊失色地叫嚷："呀！快丢掉！快丢掉！"

有一天，我打开玻璃窗时发出了"喀拉"一声，结果看到窗外茶色的草坪上放着一根又粗又长的树枝。这么粗的树枝是从哪里飞来的呢？我定睛一看，竟然是一条蛇。蛇僵直着，正在装死。

好像是玻璃窗发出的声音，让它察觉到了危险。我想知道它什么时候会动，于是就蹲下来开始观察。蛇一动不动，却逐渐变成了茶色，他正在装成一根真正的枯树枝。我悄悄地站起身来向后移动，大概移动了三米时，蛇突然变回了青将军的颜色，开始了蜿蜒的爬行。当我"嗒嗒……"地走到窗边的时候，它又开始装死了。

这时天上有一只小鸟飞过，我抬头看了一眼天空。等我再看草坪的时候，无论是枯树枝还是蛇，都消失得无影无踪了。我的视线只离开了一瞬间，蛇是怎么知道的呢？

　　〇子小姐，如果我们的人生出现了什么危机，那就装死吧！无论是怎样的不幸，一定会有视线移开的瞬间的。无论是怎样顽固的不幸，也一定会有疏忽大意的时候的。我们就趁着那一瞬间，"刺溜"一下逃走，保住我们的小命吧！

悠然自得地坚强不息

○子小姐：

我们似乎因为公元 2000 年的到来而异常兴奋，但人类的历史可要比这长太多了。我想真实地感受一下两千年到底是多长时间，却始终不得要领。走投无路，我就试着在金婆婆和银婆婆[1] 的前面又加了二十个人。什么嘛，也没什么了不起的。原来只要有二十个金婆婆就可以

---

1 金婆婆和银婆婆是一对长寿双胞胎姐妹，她们已经成了日本的国民偶像。二人相继于 2000 年和 2001 年以一百零七岁和一百零八岁的高龄离开人世。

追溯到耶稣基督那里了。可是，尽管只有二十个人，也会觉得这时间仿佛已经是永远那么长了。

在甲州街道[1]的调布市附近有一棵叫作"千年古藤"的很了不起的古树。它生长在一个很小的寺庙庭院里。从花架上垂下的无数条紫色花穗，既像黎明时分的大海倒过来从天而降，又像从天上剪裁了云朵下来。不过，说到底它们就是最正宗的紫藤花。我惊叹于那一望无际浩如烟海的花穗已有千年，但更让我惊叹的是它的主干。

它甚至让我以为那是巨大的岩石因为愤怒而发狂、浑身扭曲、痛苦翻滚、蜿蜒曲折变形而成。我无论如何也无法相信那是植物。用手摸上去也完全感受不到树干的柔韧平滑和生机勃勃，而更像是一种坚硬的岩石。这样的主干两根或三根交

---

1 江户时代以江户为起点的五条重要街道之一。从今天的东京出发，经由山梨县的甲府市，最后抵达长野县盐尻市的交通要道。

错缠绕，形成一件杂乱无章的艺术品。不管它名字中的"千年"是不是真的，看到它的时候，我感觉自己仿佛目睹了千年的岁月。

而当我一想到就在这样像岩石一样扭曲变形的枝干中还有大树的汁液在汩汩地流动，难免觉得植物是狰狞凶猛的。而且，每一年它都会长出郁郁葱葱的嫩叶，开出温柔无比的花。我无论如何也无法相信那花和主干是同一主体，而且还散发着让人神清气爽的甜香。那香气并不浓烈，却让我觉得自己已经变成了一位平安时代的公主。

可是如果要开一千多次的花，也许会恼羞成怒吧？或者早已不胜其烦了吧？这已经超过了勇气可嘉的极限。

〇子小姐，请你一定来看一看。那棵紫藤的主干几乎是在地上扭曲爬行，让人觉得它真的在愤怒发狂。

可能因为偶然被雷电击中，一棵粗大的树藤中间形成了一个空洞。可是抬头看，头顶依然是郁郁葱葱、绿叶成荫，依然会让人发出心悦诚服的感慨。这不免让我觉得，对于自然，我们大可不必刻意温柔，它们自会悠然自得地坚强不息。不过我还是希望它能够带着那个空洞继续再活一千年、一万年，加油！加油！

有一次我看到马路边一整排树木的上面都被齐刷刷地砍掉了，看上去像极了电线杆。我当时很震惊，心想这是要干什么？可是没过多久，"电线杆"上面蓬头乱发地长出的新枝像一团团燃烧的火焰一样，圆滚滚的，十分茂盛，看上去就像一群戴着帽子的大叔在排队。不知道这是强壮，还是顽强，总之当时那种让人放心的感觉让我至今难忘。

我去过雅典的帕特农神殿。一位韩国的知识分子朋友对我说："无论如何请你一定要去一次。我看到了帕特农神殿，才第一次明白了什么叫欧洲。欧洲的一切都是从那里出发的。"他还给我看了一张以帕特农神殿为背景，而且他自己也拍得上相的照片。

可是，没什么文化修养的我来到这个只有柱子的空荡荡的空间里，尽管我强迫自己去想象苏格拉底是怎样表情严肃地走在这里的，依然因为完全无法理解欧洲到底是什么而感到了焦虑。正当我要打道回府的时候，不经意抬头向粗壮的大理石柱上面看了一眼，没想到在高高的柱子上面竟然开着一朵蒲公英。那个大理石柱是由几个石柱堆起来的。就在那个堆积的石缝里，恐怕连一毫米的缝隙都找不到的地方，有唯一的一朵蒲公英在空中漂浮着、盛开着。我心想，这不是在开玩笑吧？

　　我这样向上看着，一个美国旅行团中的几位女士也停下了脚步，当看到蒲公英的时候，她们都笑了。不管谁看到它都会笑。笑那蒲公英就那样悬在半空中便将匆匆结束它短暂的一生。在希腊碧蓝的天空中，它绽放出黄色的花朵，是那么勇气可嘉，又是那么楚楚动人，但看上去真的很孤独。

　　那朵蒲公英结束它短暂的花期，就会播撒种

子把生命传递下去。千年的古藤也好，小小的蒲公英也罢，它们都会这样一直、一直继续活下去。植物就是这样悠然自得地坚强不息、无所畏惧。我的帕特农神殿，就是那空中一朵小小的蒲公英。

挺好的

〇子小姐：

小时候，邻居家一位阿姨曾经十分热情地邀请我跟她学习茶道。我之所以答应下来，只是因为她家是一所豪宅，去她家玩时，她会拿出高级的点心来招待我，还会在厨房教我做蛋黄酱。

这位阿姨首先教了我如何走路和打开拉门。虽然我按照她的说法去做了，但心里却孩子气地认为那些动作都傻乎乎的。对于我这样一个内心不以为然、不知天高地厚的孩子，阿姨竟然夸奖我说："这孩子真的好听话啊，我说的她都能马上学会。我们洋子真的很有天分呢!"对此我十分震惊。

接下来到了在转动茶碗后要学着说一句"好漂亮的杯子"的时候,我却迟迟无法开口。我觉得那茶碗一点都不漂亮,只能违心地学人假哭一样地说了一句"挺好的",结果感觉自己好像撒了一个弥天大谎一样。因为是没张嘴嘟囔着说的,阿姨提醒说:"要大声说清楚!"这时我却异常清晰地撒谎说道:"我牙疼!"我到底是怎么回事呢?

在青山有一家叫作"R"的酒吧。坊间传闻那里是全日本水准最高的酒吧。听说在那里修炼过的人,都会获得业界顶级的地位。还听说在那里修炼过的人对酒吧老板的尊敬也是非比寻常的。

虽然它是一间很小的酒吧,但当人打开它大门的一瞬间,就仿佛从日常生活突然闯入了异空间。酒吧的每个角落都充斥着老板追求极致的美学品位,这让人瞬间产生紧张感。我因为不喝酒,所以酒吧这样的地方基本没去过。但因为我和酒吧老板在他经营这个酒吧之前尚且年轻的时候就认识，所以对这里有种说不清的亲切感。

前几天我和一对年轻男女一起去了那里。年轻男生的穿着真的不适合进入像"R"酒吧这样的地方。我因为不能喝酒，就点了一款以金巴利苏打水做底的饮品，女生点了一款比较罕见的鸡尾酒，男生则点了杜松子酒。

那女生的鸡尾酒是浑浊的白里透粉的颜色，我那杯是透明的浅红色，而杜松子酒就是杜松子酒。那浑浊的白里透粉颜色的液体装在一个带有圆润曲线和柔和弧度的透明玻璃杯里，我的则装在一个线条流畅、纤细高挑的杯子里，配上金巴利苏打水的苦涩及颜色恰到好处。杜松子酒的杯子则是一个广口的、侧面看是三角形的透明玻璃杯，杯脚不高，只有杯脚部分是黑色的玻璃，这利落的感觉与强劲的杜松子酒十分搭配。

只有不知节制的男生点了两杯杜松子酒，我

们慢条斯理地欣赏着这美丽的液体和杯子，获得了极大的满足。在离开之前我们点了水。摆在面前的三个杯子都是蓝色的，但却各自不同。

女生那只是透明的玻璃杯，下面一点点渐变成了蓝色。我这只是一只蓝色的切子玻璃杯[1]。男生那只白色磨砂玻璃杯上仿佛有一个焦点一样，画着一个小小的穿着蓝色衣服的男人。当这三个杯子摆在一起的时候，明明我们是付钱的，但却深受感动："嗯，原来用心款待是这样的。"

据说在这个酒吧修炼技术的人都必须学习茶道。那个时候我充分理解了老板为什么让他们去学习茶道。茶道这种古色古香的传统文化，现在充满了生机和活力，正如海浪般滚滚地涌上我的心头。我现在对着"R"酒吧的玻璃杯就可以毫不违心地由衷说出："好漂亮的杯子。"

杂志上曾经刊登过酒吧老板出席茶会的照片。

---

1 切子是一种玻璃雕花工艺，通过在玻璃上切割图样花纹的技法，让玻璃拥有精美绚丽的光影效果。

壁龛中装饰的挂轴竟然是凯斯·哈林[1]的画。那自由的想象力让人不由得眼前一亮。恐怕所谓茶道原本就应该是这样的吧。从千利休[2]那个年代到今天已经过去了四百多年，而让这种精神在摩登时髦的酒吧里重获新生，并用它来款待我们这些不懂礼节的客人的"R"酒吧老板，我想他绝对就是所谓的现代的天才吧。从"R"出来，我们脸上都带着柔和的笑容感慨道："突然觉得好幸福啊!"今天就只和您聊了容器这个话题，等下次我跟您说说这位老板待人接物的一些事吧。

1　凯斯·哈林（Keith Haring，1958—1990），美国著名的街头绘画艺术家和社会活动者。其作品具有浓厚的波普艺术风格，有很多象征感情的构图，比如《吠叫的狗》《跪趴着的小人》等。

2　千利休（1522—1591），日本安土桃山时代的茶道宗师，日本茶道的集大成者。他所提出的"四规七则"是日本茶道的精髓。他制定了流传至今的日本茶道礼法，把日本茶道发展到了一个全新的阶段。

三代之前是猴子

〇子小姐：

我朋友结婚的时候，结婚对象送来了一份介绍家世情况的信函。据说那里面写着家族的族谱，好像相当显赫。我朋友把这个拿给自己的父亲看，并说道"人家送来了这个哟"，结果他的父亲说："你就写咱们家三代之前是猴子吧。"那之后过了四十年，这位猴子的子孙和那位家世显赫的后代和睦地经营着他们的家庭，可见日本还真是一个很民主的国家呢。

那么，我自己的祖先怎样呢？我向一个见多

识广的表姐打听，结果她压低了声音对我说："你不会感到自豪的。听说是给武田信玄[1]的部下的部下的下面跑腿儿的人提鞋的人……还要下面的类似奴隶一样的人，而且是在打了败仗逃亡的时候跑到这里住下来的人。"难道还有比提鞋的人地位更低的人吗？这可真是穷山恶水的乡下啊！

于是我就是那个给跑腿的人提鞋的人的奴隶的子孙的穷苦人家排行老七的人的女儿。这样的我十八岁一来到东京就在补习班里遇到了一位姓德川的女生，据说她是德川家康的直系。对于家康将军的后代我们竟面不改色地说出"你啊，这个水桶的素描画歪了哟！"这样的话。

有一次，很多人在我家聚会时，一位京都的大学老师说："我们研究室前面是过去一户朝廷大臣家的宅邸，那个大户人家现在没有钱，就任由那宅子荒芜，实在是脏得不得了。"话音刚落，我

1　武田信玄（1521—1573），日本战国时代武将，因其具有非凡的军事才能，有"战国第一名将"之称，也被誉为日本"战国第一兵法家"。

身边的一个人便说道："那是我大伯的房子。过去包括您的大学那片地都是 × 家族的。"当他说道自己是 × 家的后代时，房间里鸦雀无声。

于是，另外一个朋友也跟着说道："其实我家祖上是曾经把土地借给天皇一家的某某神社哟！""尽管如此，你还是很穷啊。"被大家这样取笑，他只好叹了一口气。在日本，只要你坐上电车，所有人就都是同样的身份，对于阶级什么的谁都不会在意的。真不错！

还有一次，一位来我家玩的编辑对我说："我以前从来没说过，其实我是藤原镰足[1]的后人。所以见到有人自诩自己的祖先可以追溯到六百年前什么的，就会觉得很搞笑。可是，如果说自己的祖先和圣德太子[2]是同一个时代的人，又觉得不

---

1 藤原镰足，7世纪的日本政治家、中央豪族。原姓中臣，曾辅佐中大兄皇子大力推行大化改新。临终前天智天皇（中大兄皇子）赐大织冠的冠位和藤原姓，是日本藤原氏的祖先。

2 圣德太子（574—622），日本飞鸟时期政治家。作为推古天皇时的摄政大臣，派遣遣隋使学习引进中国的先进文化和制度。信奉佛教，执政期间大力弘扬佛教。

好，说不出口。我是没办法向别人炫耀这个的。"
你看连镰足的子孙都要拜托我这样一个卑贱小民
的后代为他工作，哎呀，现在的日本真不错！

　　质疑此言的真实性很简单，但当这个人对我
说："洋子小姐，能给我杯水吗？"我就会自动变
得唯命是从。而且在我还不知道他的祖先是谁的
时候就已经这样了。恐怕是我的遗传基因在暗中
自动发挥了作用吧。

　　我去朋友家时，看见他家玄关处摆放着一个
古色古香的叫作"铠甲柜"的东西。里面展示着
一整套虽然斑驳不堪，但却十分气派的盔甲。这
让人不免感慨日本这个国家还是挺深奥的。

　　一度沉迷于历史小说的我向一个女生问道：
"你是什么地方什么家族的？"一听回答是长州[1]，
便找出和她同姓的人留下的作品《江户御留守居
日记》。"你的祖先会不会是这个人呢？""也许吧。
也许是这位重臣的旁系的旁系的旁系吧。"面对我

———————————

[1]　即长州藩，日本江户时代的古地名，位于现在的山口县。

的提问她漠不关心。"我说，这个刺身是不是有点不新鲜啊？"她一边念叨着一边把筷子伸向了我们正在吃的菜，而坐在我旁边的另一个祖先是会津[1]藩士的女生说道："要不要再来一杯？"完全看不出她们的祖先原来是死对头。哎呀，日本还是不错的。

可是，让我不得不服气的是江户时代的数学家关孝和[2]的后人 S 先生。他简直聪明得不可理喻。他是东京大学的毕业生，无论什么问题他都能极其犀利地一眼看出症结之所在，迅速地给我指出解决的出路。我依然认为遗传基因这东西的力量还是非常强大的。一个给跑腿儿的提鞋的人的奴隶的遗传基因什么的，是决不可能拥有聪明才智和雄心壮志的。

———————————

1　位于福岛县西部。1864 年在京都长州藩和会津藩发生了猛烈的交战，爆发了"禁门之变"。此后日本人普遍认为历史上长州藩和会津藩的关系比较敌对。

2　关孝和（约 1642—1708），日本数学家，代表作《发微算法》。日本古典数学的奠基人，在日本被尊称为"算圣"。

所以在我的车被撞的时候，我立刻给 S 先生打电话问："我该怎么办为好？"我知道为了这种小事动用关孝和的遗传基因可能不太好。不过话说回来，这样的日本真的还不错。

听说美国人都认为当年坐着"五月花"号来到美国的家族才是最上等的家族，这不禁让我失笑。尽管我只是一个给跑腿儿的人提鞋的人的奴隶的后代，我也笑了。话说回来，人类的祖先不都是猴子嘛。

当——，嘟嘟曬曬

〇子小姐：

我是一个战后从中国被遣返回日本的人，登上遣返船的时候我们兄弟姐妹一共五个人，老大只有九岁。当时我七岁，负责照顾三岁的弟弟忠史。

当时的弟弟一时一刻都脱不开手。从货船的船底去上厕所，对于大人来说都是极其困难的跋涉。二月份的甲板上都结了冰，光滑如镜。每一次我自己要大小便的时候，忠史要大小便的时候，我都要在满载货物和人群的船舱中间艰难移动，还要爬上一根很细的紧急爬梯，非常辛苦。忠史是个忍耐力很强的孩子，他从来没有哭闹过，只是用力地闭紧了嘴唇，像极了"男人要保持沉默——札幌啤酒"[1]的感觉。

再加上他的长相也很像西乡隆盛[2]，眉毛里都长着旋儿，虽然只有三岁却已经是个相貌堂堂的男生了。

后来的事情发生在三个月后的五月，我们都住在父亲老家的乡下。即使到了这里，我依然需要负责陪忠史玩。那时水田里有很多小蝌蚪在蠕蠕而动。忠史戴了一个有帽檐的茶色的帽子，我把蝌蚪放进他的帽子里，他就特别开心。

有一天忠史坐在田地边的一块石头上无精打采的，现在回想起来，他当时应该身体很疲倦，整个人都一下子瘫软下去。只有七岁的我也不知道他到底怎么了，心想着只要抓一些蝌蚪放在他

1　这是日本著名男演员三船敏郎拍摄的札幌啤酒广告中的经典台词。

2　日本明治初期政治家，维新三杰之一。

的帽子里，他就会开心起来，于是比平时抓了更多蝌蚪给他，可是那天他完全没有笑过。

回家的时候，他走得特别慢，还动不动就想蹲下。所以我用尽全力拉扯着忠史的手。尽管这样，他还是蹲了下来，所以我只好把他背回家。我当时只觉得后背莫名其妙地很热。

就这样，只过了两天，忠史就死了。我想忠史可能连一粒大米饭都没吃过就死了。

我从小时候开始，一想到我曾经在五月的田边拼命拉扯自己弟弟的手，就会潸然泪下。可是第二天我又会变得豁然开朗，只有想起忠史的时候我才会"滴滴答答"地流下眼泪。

前几天的一个晚上，我想起忠史，于是"滴滴答答"地落下了眼泪。第二天一早我又想起忠史，于是又哭了一场。现在我的神经好像很奇怪，第二天早上不会再豁然开朗了。我想也许应该买一个佛龛，于是抓起钱包就去了卖佛龛的店。

佛龛店里贴满了大大的红纸，上面写着"七折"，我心里想着太棒了，然后买下了最小的也是最便宜的那个。我还买了一个坐在华丽坐垫上的金光闪闪的钵[1]和能把钵敲出"当——"的一声的钵槌以及线香、蜡烛等，总共花了四万日元。我也不知道这是买便宜了还是买贵了。店里也有价值三百万日元的佛龛。

弟弟的牌位在母亲那里，而母亲最近这几年一直徘徊在现世与彼岸之间。她说"我没生过男孩"，可实际上她生了四个男孩。所以，认识忠史的家人就只剩下我一个人了。其他的兄弟姐妹要么已经去世了，要么就是在忠史死后才出生的。

我把佛龛放在了日式房间的衣橱上面。佛龛里面空荡荡的，忠史一张照片都没留下。因为看上去很像一体式公寓，所以我竖立着摆放了一本两百日元的经书。然后"当——"地一声敲响钵，并供上了线香。哎呀，我们家信仰的到底是南无阿弥陀佛呢？还是南无妙法莲华经呢？我一头雾水。

1　日文原文用了"碗"一词，实际应是佛教法器"磬"。

在双手合十拜佛的时候，如果嘴里不念念有词的话，总感觉有些无所适从。所以我反复"嘟嘟囔囔"地说点什么，这样心里的罪恶感好像多少能减少一些。

就在连续几天持续进行这个"当——，嘟嘟囔囔"的操作过程中，我脑子里逐渐产生了一个邪念。既然我每天都要拜佛，佛祖会不会顺手把我的病也给治好了呢？

嘟嘟囔囔——佛祖，请让我的病彻底好了吧！啊，顺便也请让我的孩子也一生健康吧！啊，还有，那个孩子他太穷了，请给他一点财运吧！哦，这样全都是自己家的事不太体面，那么拜托让外甥女早日找到如意郎君吧！啊，还有希望所有的亲戚都不要失业！

我的愿望不断扩大，最后终于到了祝世界和平的地步，我清楚地告诉自己："你在撒谎！"

原来发自真心的祝愿只会是为了自己或极其亲近的人。人都是这样的利己主义者，价值四万日元的佛龛教会了我这一点。

神的手

〇子小姐：

我有一个朋友插花技艺高超。她既没有专门学过插花，也并不从事任何与造型相关的行业，她只是一个普通人而已。

看到被暴风雨吹倒的桔梗花，她就会一边叹息着"啊，啊，啊……"，一边折下两三枝说"这可是五百日元呢"，并把它们"咻"地一声插进一个陈旧的装荞麦面汤用的黑漆小桶里，只这样就已经非常美了。

她会拔些丝丝摇曳的结了籽的野草，将

二三十枝系成一束，塞进一只小口的茶色容器里，看上去就像一朵小小的焰火。

她还会只剪一枝枝条造型并不太好的白玉兰回来，然后插进一个上下一样粗的木制容器里。我在想，她用了一个什么样的剑山呢，于是探头向容器里张望，结果里面竟然没有剑山。

她说："啊，好便宜！"一束三百日元的郁金香，她一口气买下两把，在洗碗池里"咔嚓咔嚓"地全部剪得很短。我心想："嗯？剪这么短能行吗？"结果她找来一个瓶体很低的玻璃花瓶，"啪"地一下很随意地把所有花都一股脑丢进去，还说："这个花瓶不太容易搭配吧。"可是一大簇的黄色郁金香非常华丽，而且其中的每一朵都特别鲜明醒目，令人震惊。她一定是被赋予了某一种魔法。

我想拥有这样的"手"，就算闭着眼睛也一定能做得很好。

话虽如此，我以为这样的"手"操作缝纫机也一定很优秀，结果就连我都要说"你让一下"，恨不得自己去代替她了。我想她可能还没有意识到她的手是插花专用的手。

过去，我和这位朋友曾经住在同一间公寓里。我们用同一间厨房做饭，很快，我就发现她真的很不会做饭。

倒也不是说我做饭有多好吃，我觉得自己也就是普通水平。就说炒卷心菜，这种菜无论谁做应该都没什么太大差异，可是她用三分钟就能做出让你百思不得其解的味道。怎么做才能做得那么难吃呢？

后来我就尽可能自己做饭，她只负责问："今天吃什么啊？"这样我们两个人终于可以和平友好地吃完一顿饭。有时候她会主动说："我来帮忙吧！"我会跳起来说："不用了！不用了！"

有一次她只是摸了一下锅子，结果菜的味道就变得很奇怪，我一直想不明白到底为什么会这样。

后来，她男朋友来玩，她说："男朋友吃的东西，还是我自己用心来做吧。"于是我去外面吃的饭。回到家一看，她正在哭。据说她男朋友的评价是："从我出生到现在，还是第一次吃到这么难吃的拉面。"我心想这个男朋友也太过分了，但他说的应该没错，他是一个聪明且勇气可嘉的人。

后来她作为企业家非常成功。锅子什么的完全没必要去碰了。不过我想也许那也是她的"手"造就的。我觉得那是一双被施了魔法的，唯独在做饭这件事上受到了诅咒的手。

在我身体状况很糟糕的时候，我的"姐妹"S先生曾经一边说着"亲爱的，你这是怎么了？"，一边抱住了我的肩。就在他的手触碰到我的瞬间，我感觉有一股极其温暖的热流从我的肩膀流向了整个身体，一直困扰我的心脏和肩膀的疼痛都"唰"地一下消散了，我获得了前所未有的安静。

我当时就在想，搞不好耶稣基督和佛祖大人也都拥有同款的手吧。我每次和S先生见面都想马上去牵他的手。只要牵着他的手，就一直有一股暖流从那宽厚的手掌汩汩地向我流淌，我就会保持精神饱满。这就是神的"手"！

我想，罗丹和莫扎特也一定拥有与众不同的"手"。有一种超越才能和努力的东西，作为一种特殊的能力，只能通过这双手向外输送。

　　凡人为了和所有人一样，会动用自己寥寥无几的才能很努力地活下去。神在创造人类的时候一定就想把人做成这个样子，而偶然出现的带有魔法的"手"，可能只是神的失误。我正在仔仔细细地端详自己的手。

咂、咂、咂

〇子小姐：

在我东京的家附近有一块小小的田地。过去这一带应该有很多田地吧，只是后来都迅速地变成了住宅区。

那块田地有时候是花田，有时候是卷心菜田，它会变身成各种各样的田地，还曾有过大西瓜滚来滚去的年份。

有一天晚上，儿子的朋友来我家玩。当我提起"那边田地里，结了好多西瓜"，那个男孩立刻说道："现在正是西瓜最美味的时候啊！"这样啊，原来现在就是西瓜最美味的时候。一想到这里我就脱口说出："去偷一个吧？"我突然心潮澎湃，一瞬间就准备好工作手套、剪刀和塑料袋，出发朝西瓜田走去。

我的心情宛如乘着"五月花"号即将登上美洲大陆一样兴奋。天上是一轮满月。

我不想下到田里亲自去偷。因为我不想成为真正动手的主犯，所以一到田边我就说"我在这里望风"，变成了一个卑鄙懦弱的人。

男孩儿拎着塑料袋大步流星地向田里走去。我的心"扑通扑通"地跳得厉害，神情紧张地四处张望。虽然这边不是朝外的大马路，但偶尔会有车经过。男孩儿蹲下来对着西瓜用手逐一"嗵、嗵"地敲打，还把耳朵凑过去听这敲打的声音。一个结束之后又是下一个，"嗵、嗵、嗵"……你小子是来偷的，随便哪个都行，抓紧时间啊！我急得顿足捶胸，就像小便快憋不住了一样。更要命的是，这男孩儿竟然在满月的夜里穿了一件纯白的T恤，他简直就像一个白色发光体，分外醒目。

这时，一辆车从下面开了上来。我猛地蹲在路边。对我这个貌似正在小便的姿势，车里的人一定感到匪夷所思，刚好忽略了田里那个白色发光体，把车子开了过去。我当时就在想，干坏事必须里应外合才行啊。

那男孩儿终于用塑料袋装上一个巨大的西瓜从田里走出来了。

"这是最大的一个。"听到这话的瞬间，我变得前所未有地开心、愉快、心满意足，哈哈哈地大笑起来。我本来没打算笑，但这样愉快的心情实在是压抑不住。

哈哈哈！然后我用最高马力跑了起来。其实根本没必要跑，完全可以装作若无其事的样子，露出这西瓜是我们从超市买回来的那种表情即可。可是，想要逃、想要跑的冲动也是压抑不住的。年轻男孩儿也和我一起跑了起来。

那一瞬间是这辈子前所未有的和他人心有灵犀、一拍即合的时刻，简直令人陶醉。恐怕正是因为在干坏事，才会那么意气相投。如果是完成善举的话，可能不会有这样的刺激感、成就感和充实感吧。干坏事是多么快乐啊！

可是，在所有装在塑料袋里的东西中，没有什么比西瓜更让人清楚地意识到里面装的是西瓜了。

我穿的木屐发出"咔哒咔哒"的声音。男孩儿穿的是短裤和运动鞋，在运动鞋和短裤之间，他小腿上的毛一根一根在月光的照射下，看起来柔软而轻盈。

那个西瓜真的巨大无比。

西瓜是温吞的，但也等不及去冰镇了，我们立刻切开了它。那感觉仿佛里面会走出两个桃太郎[1]一样，但我认为那是我此生吃过的最好吃的西瓜。男孩儿把每一个西瓜都"嗵、嗵"地敲了一遍来细心感受西瓜内瓤的那份沉着，此时此刻让我由衷地认为男生还是很伟大的，是值得尊敬的。

---

1 日本民间故事《桃太郎》的主人公，是从桃子里出生的。

当时我清楚地意识到，如果想和这个年轻的男孩儿长时间保持紧密的关系，唯有每天都一起去偷东西才行。那个男孩好像对和我一起成立小偷公司这件事没什么兴趣，已经很久没在我家露过面了。

第二天我胆战心惊地去侦察西瓜地的情况，就和杀人犯再次回到杀人现场时一样。结果我发现所有西瓜都被摘了下来，它们圆滚滚地堆在路边。旁边用石头压着一张纸，上面用马克笔写着："请随意拿！"我突然兴致全无，觉得自己很丢人。

〇子小姐，我从小到大都没做过把别人的东西据为己有这种事。我父母也一直教育我，从别人的田地里偷东西是盗窃行为中最恶劣的一种。尽管如此，一想起那次偷西瓜的经历，时至今日，我依然心驰神往。

羊羹颜色的尸体

〇子小姐：

前几天我在朋友家见到了一位来自温泉胜地的木匠师傅。那个温泉胜地好像是个会下雪的很寒冷的地方。据说自古以来就有很多殉情的情侣会造访那里，他们会在温泉酒店住上一两个晚上。所以那里冬季客人会明显增多。

这些情侣大多在深夜出发往山里走，不到一个小时就会走到山脚稍稍上去一点的树林中。他们在那里服药，然后被冻死在雪地里。而且，匪夷所思的是，无论怎样的殉情者都是在完全相同的地方死掉的。那位木匠师傅说："是啊，到底为什么呢？也许是刚好走到那儿就再也走不动了？或者是之前的亡灵在召唤他们吧。"

后来没过多久，那个山脚下修了一条漂亮的公路。一天晚上，这个木匠师傅开车经过的时候，遇到一个男人站在大雾当中。"你能把我拉到镇上去吗？"男人问他。"没问题。"他就让那男人上了车。等到了镇上，木匠师傅说"到了"，可回头一看车上没有任何人。虽然这是个俗套的故事，但在木匠师傅的熟人里，竟然有三个人都曾开车搭载过这样的幽灵。

据说，后来这个殉情圣地上建起了一座气派的酒店，而且生意火爆。坊间盛传这个酒店里有幽灵出没，当地人笑着说："确有其事。"

我还听说有一个好奇心旺盛的女子跑去这家酒店，对着酒店前台的年轻男生，把整个身体都探过去压低了声音问道："我说，你知不知道，这里真的有那个吗？"前台的年轻男生深深点头，佩服地说："您可真是消息灵通啊！"

R 小姐只要出国就总会遇到幽灵。她在法国国庆日当晚抵达巴黎，住在了外出休假的朋友家里。半夜醒来她发现房间角落里坐着一个外国老妇人，一脸忧心忡忡的样子。那老妇人穿着一条长裙，怎么看都不像现在的人。

突然又从门口跑进来一个不到二十岁的男人，慌慌张张的样子看上去好像正在房间的角落里找什么东西。那老妇人一把搂住这个男人大声喊着什么。男人用力甩开老妇人，简直像被人揪出去一样地快速跑出了房间。

外面的马路上，人声鼎沸，逐渐传来了很多人向前行进的声音。那声音时远时近，像海浪一样反反复复地涌上来。老妇人在房间的角落里哭泣着。

R 小姐打开了灯，老妇人不见了，声音也消失了。从窗子向外看去，一个人影都没有，黑漆漆的街道万籁俱静。

R 小姐害怕了，收拾好行李离开了房子，在外面一直等到了天亮。听说 R 小姐了解到，那是死于法国大革命当天晚上的幽灵。"那个男人是那天晚上被杀害的。看上去老妇人应该是他的妈妈。"话说回来，R小姐有着与日本人迥然不同的雪白皮肤和几近透明的茶色眼睛。

两年前，我在我家附近山道拐弯的地方出了一场车祸，车子完全报废了。所幸没有受什么大伤的我看着自己的车，心想真是大难不死。

我把这件事和住在附近的衿子一说，她告诉我："那个地方很邪乎的，那里曾经发现过一具羊羹颜色的尸体。"没人知道是为什么，放了几个月的尸体变成羊羹颜色之后才被人们发现。听说那里经常发生交通事故，"都说可能是羊羹颜色的尸体在召唤呢。没错。"衿子说道。

就在这时，又有人说："是很奇怪的。有好几只猫从那里摔下来死掉了。小猫不是无论从什么地方掉下来都能四脚着地的吗？我还以为不会有猫从悬崖上掉下来摔死呢。而且我听说那些猫死的时候也变成了羊羹的颜色。"

那天已经是凌晨了，我觉得有些瘆得慌，就

赶紧回家了。一进门家里一片漆黑，突然从房间里传来了"喵"的一声，我不由得"啊——！"地大声惊叫。

　　我都忘了自己养了一只猫。

二

我们不能选择时代而生。

我不得不生活在那个我们将其叫作

"青春"

的年代里。

关于绉绸的往事

　　我出生之后就一直住在北京，所以那时候的我按理说并不了解所谓和服是什么。但我的母亲就是人称摩登女郎的那种人，于是我也自然而然地认为高跟鞋、帽子、天鹅绒、漆皮包包这类东西都是美的。有一天，一位从未谋面的、据说是我东京的"爷爷"的人给我寄来了一整套和服。那和服光彩耀人，就好像漫山遍野开满红色花朵的高山草原一样让人眼前一亮。搭配的那块一抻就会像皮筋一样变长的又宽又长的布带，是叫作"三尺"的专给小孩子用的腰带；还有一个荷包形状的、小小的、闪闪发光的手提包；还有一双红色的叫作"漆木屐"的木屐，造型独特，鞋底高得不像话。那木屐也闪闪发光，鞋跟上还画着某一种花。我想那大概是昭和十七年（1942年）的事了吧。

大人马上就给我穿上了和服，父亲还给我"单独一人"拍了照片。我坐下来，袖兜会长长地垂到地上。父亲为了让那袖兜看上去更好看，不断地指使母亲这样那样，甚至大声嚷嚷了几句，可见他有多么认真。

我也很兴奋，一边龇牙咧嘴地傻笑，一边暗自祈祷这和服可以让我穿上一整天。没想到我这身衣服马上就全都被扒了下来，大人说着："过年穿！过年再穿！"那像高原花海一样的和服就消失得不知去向了。终于到了过年的时候，那和服又不知道从哪里跑了出来。我得意洋洋地咧嘴傻笑着吃着煮年糕，妈妈则把一个围裙挂在我脖子上，像戴了一个巨大的围嘴儿。

我开始颤颤巍巍地走路，使用做作的仰视眼

神。动不动就把我撞飞的哥哥也好像看着什么特殊的东西一样不敢靠近我，远远地向我投来十分珍惜且关爱的眼神。我就好像被施加了魔法。没过一会儿，邻居家的久枝抱着硕大的毽子板[1]，穿着一件带有樱花图案的紫色和服来到我家。

久枝白净的小脸配上和平时略显不同的樱桃小嘴款款向我走来。

她走到距我还有一米左右的距离时，我的得意洋洋一下子灰飞烟灭了。就仿佛天上射下来一束光一样，四岁的我瞬间发现，我穿的和服和久枝穿的和服在布料材质上存在着天壤之别。久枝的和服是真正的绉绸，而我这件是人造丝的。在摸到实物之前就已经知道"那件才是真的"的我，是多么聪明又可怜的孩子啊。

从那一瞬间开始，我对自己的和服不再满意，完全高兴不起来了。可是聪明的孩子就是那种可

1　毽子板是用来击打羽毛毽子的木桨，上面多画着身着和服的女性或歌舞伎演员等，是日本过年时女孩子们玩的游戏用具。

以立刻把让自己产生嫉妒的不快的种子都埋藏起来的，让人心疼的人。所以我走过去摸了摸。现在我知道了，那是一种带有强烈的垂坠感的、纹理极其丰富的绉绸。聪明的我（真啰嗦啊！）是一个连布料上的花纹的品位都能鉴别出高低的孩子，是类似于小林秀雄[1]那样的人。尽管我这件和服是东京的"爷爷"在物资极端不足的日本四处寻找、费尽周折才买到的，但从那个瞬间开始，我对它的爱已经不知道蒸发去哪里了。我深深地迷恋上了真正的绉绸。真是个不招人喜欢的孩子啊。

那之后日本的战败和混乱，让我无暇顾及和服和绉绸这类东西，我和整个日本都只能顺从于命运的裹挟。

逐渐恢复生机的日本以及我们拥有同样宿命，即对于元气恢复的观察依然需要通过品质来进行确认。或者说日本的文化历史证明了，日本是一

1　日本著名的文艺评论家、作家，也是一位艺术品收集鉴赏家。

个追求高超品质，且拥有能够使其得以实现的优秀技术和感觉的民族。几百年的历史哪怕是用眼睛看不到的，但作为血脉也一直流淌在我们每一个人的身体里。

大概在五六年前，我曾经入住过京都祇园一家很小的旅馆。

初次入住旅馆本不是什么难事，可是这家小小的旅馆依据祇园的风习，需要履行一个不可理喻的复杂手续。如果我把这个过程都写下来，恐怕要占这本书一半的篇幅了。总之，首先要走进一条细长的小路，小路两边的黑漆木板围墙上装饰着一米多高用半片竹子做成的精美的三角形装饰物（这个还算是篱笆墙吗？）。在这条小路深处的一间普通小房子，便是那家旅馆。出来迎接我的是一位梳着所谓"庇发"[1]发型的婆婆。一看便知这位女士过去一定曾经在这一带从事过仰仗于姿色的营生。婆婆虽然已是佝偻老态，但却穿着

1　一种前面的头发向上高高隆起的盘发发型。

一身一丝不苟的和服。说到"庇发"，可能现在的年轻人已经不知道是什么样了。其实就是从额头向上头发大概隆起二十厘米高度的一种发型。想要维持这个造型需要高超的技巧，是一种让人不由得发出惊叹的发型。

她跟我说因为上了年纪，所以现在每天只能接待一位客人。我被带到二楼的一个房间。一进房间映入眼帘的就是一床被子，只见那被面是晕染开来的淡绿底色上散落着橙色的诗笺图案。虽然我人站在门槛外，但却一眼就看出那被面是用绉绸质地的和服翻新做成的。

我早已心花怒放。走近一看那绿色和橙色有一些褪色，看得出它是老物件了。但那份明艳动人和千娇百媚却没有一丝一毫的损失。

听说这位梳着庇发的婆婆原来是一名艺妓，后来被"旦那"¹迷住了，就一直经营着这家旅馆。我听她讲了很多超级有趣的事，如果要把这些都

---

1 为艺妓提供金钱、珠宝、礼物等经济援助的供养者。

写下来，恐怕要占这本书的全部篇幅了。

我想，睡在绉绸做的被子里这种事，恐怕这辈子不会再有了吧。人活着真好啊！我躺在被子里，在黑暗中把两只手放在被子外面，就像猥琐的老头子贪婪地抚摸女性的肌肤一样，不断地抚摸着那绉绸的被面直到睡着，真是幸福的一夜啊！

寿 司

　　儿时，我住在北京，当时的北京也有寿司店。有时我们会在一家叫作"蛇目"的寿司店里点一些外卖。那时我可能只有四五岁，所以在我心里，蛇目这个词就等同于寿司，我完全不知道蛇目和寿司有什么区别。有一天我在看一本画册，里面有一首儿歌唱道："下雨了、下雨了，妈妈撑着蛇目伞来接我，好开心、好开心……"还配了一幅画，画着一个穿着和服撑着伞的妈妈和一个小女孩。我差点"啊！"地一声叫出来。原来妈妈在蛇目寿司店等着[1]呢！我反反复复地看那本画册。每次看时，我整个人都几乎被口水淹没，心想那是多么善良的妈妈啊！等我终于知道被叫作蛇目的雨伞只是油纸伞的一种，这中间花费了好多年。那期间，这首歌唱在寿司店等待女儿的温柔母亲的儿歌，也是一首让我狂咽口水的歌。寿司是一种令我魂牵梦绕的极其特殊的食品。后来日本战败了，我们被遣返回国，生活一落千丈地陷入了贫困，根本就不可能再吵着要吃寿司了。

虽然后来世道一点点有所恢复，但我再也没有吃寿司吃到饱过。我的父亲有时候参加宴会回来，会把他那份寿司偷偷地、原封不动地带回家，再把孩子们都召集在一起。我们的头从四个方向聚在一起，笼罩在小小的寿司盒上，所有人眼睛里都闪着犀利的光。平时，父亲是一个让我们吓

---

1 在日本，蛇目是一种传统花纹，指线条很粗的环形，看上去很像蛇的眼睛。而这一花纹经常被画在伞上，所以"蛇目"也是画着蛇目花纹的伞的简称。另外，日语中表示使用的工具的助词和表示动作发生的场所的助词是一样的，所以年幼的作者才会产生这样的误解。

得发抖的严厉的人，但此时因为几分酒醉加上绝佳的心情，他会开心地看着我们。我看着这样的父亲，心想到底哪个才是真正的父亲呢？这样忐忑不安的心情和品尝到两个左右的寿司所获得的幸福交织在一起。一想到在宴会上光顾着喝酒都没吃到寿司的父亲，就会为他感到难过。但我对寿司的沉迷，也让我激动到浑身发抖。

再后来，十八岁那年我来到了东京，那时还不具备吃寿司的经济能力。父亲也去世了。

可是，我太喜欢寿司了。寿司依然还是那个令我魂牵梦绕的极其特殊的食品。

在从学校回家的路上，我肚子饿了。

我对身边的朋友说，我们吃寿司吧！"给您，这是金枪鱼的中腹。""啊——唔，啊！好好吃啊！""来，下一个是墨鱼。""咕噜！（一口吃下），接下来请给我竹荚鱼。""好嘞，请吧！"……我用手指捏着空气送进嘴里。虽然我是那样的全神贯注、乐此不疲，但我朋友的感受如何呢？

我想她一定肚子更饿了吧。

日月如流，我终于也可以在有什么事情的时候，豁出去吃一次寿司了。可是坐在寿司店的吧台前点自己喜欢的东西，依然让我感到紧张。

　　可是，社会逐渐变得铺张浪费，我也渐渐地学会"不好吃的寿司最好不要吃了"。

　　搬家之后，我家前面有一块稻田，而稻田对面有一家叫作"新"的寿司店。这样一来我家的邻居就是寿司店了。

　　寿司店里的大叔，是一位需仰视方能看见的巨人。他的手也很大，所以他家店里的寿司个头也非常大。"小林旭[1]？他是我小弟啊！渡哲也[2]也是个小毛孩儿。现在也是只要我去，他们都得'唰'地一下给我让路呢。"这大叔说话有点不靠谱。有一次他来我家送外卖，大步流星地走进房间，用他的大手"咚咚"地敲打了我家的每一根柱子，最后丢下一句："这房子不行啊！柱子不咋

---

[1] 小林旭（1938—　），日本著名歌手、男演员。

[2] 渡哲也（1941—　），日本著名男演员。

样!"就回去了。

他看见我家十岁的儿子放学回家时从寿司店门前经过，便对他说："喂！小子，你当个寿司师傅吧，以后继承我的店，我来教你！"导致我儿子一度以为他以后必须要当一名寿司师傅了。因为大叔做的寿司都是在硕大的饭团上放上一块厚重得几乎垂下来的食材，所以吃掉一人份有点费力。但这家开在稻田里叫作"新"的寿司店相当美味。我也只有在这段时间，和寿司店变得特别亲密。

因为我只出入自家附近的寿司店，所以我主攻三多摩地区。

于是，说起银座的寿司店，对我来说那只是遥远的向往，我认为那种店都不是普通人会去的地方。基本上不了解价格的话，进餐的整个过程就会提心吊胆的。如果那是在银座的话，将会变成怎样的情况啊？每次看到杂志上刊登出那种著名的高级寿司店的寿司照片时，我就会"咕咚咕咚"地咽口水。照片比起实物来说，要把镜头推得更近一些，所以看上去更有冲击力。但是，更高级的超一流寿司店，是绝对不会出现在这样的杂志上的哟！这是一个朋友告诉我的。

有一天，机缘巧合，有人请我去那种绝对不会出现在杂志上的寿司店吃寿司。我已经有点得意忘形了。我在大家的传言中知道这家店的存在，但却一直不敢相信，以为自己是在做梦。当然这家店在银座。

店铺的招牌是一个只写了店名的小小的纸灯笼，它只是安静地亮着却显得特别幽邃。这店铺在入口处就已经散发出一种强烈的气场，仿佛在说："你不要进来啊！我可不是什么人都会放进来的哦！"当我半个身子走进店门的时候，我的心情就已然变成了：我是被选中了可以进来的人。带我来这里的人是一个美食家，同时也是一位著名的大作家，面对这个情况，我也有一些惴惴不安。

到底应该点什么为好呢？我绞尽脑汁想了好多，结果这样的烦恼是毫无必要的。

这里是不可以点餐的。

给我们什么，我们就安静地吃什么。

哇，老板气宇轩昂，给人的感觉就是但凡你做出一点让他不悦的行为，他定会勃然不悦，把你请出去。

而且，这位老板好像无所不知、无所不晓。

"那个谁谁，最近还好吧？""啊，他啊，现在正在帝国饭店的酒吧里喝酒呢。""那个谁谁，现在怎么样了？"老板闭上眼睛摇了摇头："已经不行了。"我十分怀疑他只是在吹牛，可是不出一个月，报纸上就报道了那个谁谁去世的消息。于是我想那时另一个谁谁也一定就在帝国饭店的酒吧里喝酒吧。

说回来，他家的寿司是真的太好吃了。虽然不是自己点的，但我刚想到接下来想吃的，那样东西就刚好做出来摆在我面前。看看旁边的人，和我吃的完全不一样。我心生垂涎便小声说"我也想吃那个"，老板则突然怒目说："不行！你们每一位的前后顺序我都有认真设计过。"我很惭愧，不由得感觉自己在低声下气地迎合老板。

我眼前浮现出至今我都没能吃到嘴的看上去

十分美味的醋渍青花鱼寿司。

"到此结束。"老板宣布说。虽然我心里不高兴，但我的肚子刚好吃到了该结束的状态。恰到好处。

我在吃的过程中始终很紧张，但我确实从来没吃过那么好吃的寿司。好想再吃一次。可是也许还是一生只吃一次比较好。好想再吃一次啊！可是，还想再去一次吗？

说实话，至少还想再吃一次。

请全部吃掉，请给我留点儿

　　在电影《伊豆的舞女》中，过去的旧制高中生出门旅行时，会披着长长的斗篷、戴着学生帽。那到底是一种怎样的旅行呢？

　　我家有一张父亲年轻时的照片，照片上父亲的装束和电影里的男主人公一模一样。恐怕在时间上，他们也大概是同一个时代的吧，而且父亲的照片也是在伊豆的山上拍摄的。他身边的两三个朋友也是一样的装束，其中还有人穿着木屐。可能那是当时流行的装扮。

　　彼时的旅行到底包含哪些内容呢？时至今日，

我很想问一问父亲，但他老人家已经在老早以前就开溜离开这个世界了。

不过，关于这场旅行，只有一件事父亲曾经反复向我们讲起过，那就是关于"鳗鱼"店家的小女孩的事。在进山之前，他们曾经在某个温泉小镇上留宿，并去了一家吃烤鳗鱼的店。那家店里有一个骨瘦如柴的小女孩。也许是某户贫苦人家的女儿在那里当店员吧。一年之后，父亲他们又去了同一家鳗鱼店，结果去年那个枯瘦的小女孩已经胖得圆滚滚的，脸蛋儿也泛着光，完全判若两人了。打那以后，父亲就开始了他对鳗鱼的信仰。他认为鳗鱼一定可以补充精力，是健康的源泉。父亲说："一定是给她吃了鳗鱼的头呀，内脏呀，骨头呀什么的，才胖得圆滚滚的。那女孩原来干瘦得简直像个死人一样，鳗鱼可真是了不起啊！"父亲曾经不厌其烦地向我们这些从来没吃过烤鳗鱼的孩子们讲起这件事。可是战后所有人都很穷。后来，父亲得了一种不明原因的病，失去了味觉，也失去了食欲。他日渐消瘦，基本只吃一两口饭菜就会放下筷子。看着这样的父亲，我内心深处失去了希望的悲伤，就像压死骆驼的稻草一根接一根不断地落下。

　　尽管如此，父亲有时还会命我："去买烤鳗鱼吧。"于是我骑上自行车，朝着我们那条街上唯一一家鳗鱼店奋力猛蹬。来到鳗鱼店附近就能闻到烤鳗鱼的香气，可是这让我感到极度痛苦，几乎无法呼吸。我每次只买一条烤鳗鱼。店家的大叔得心应手地从水桶里抓起一条滑溜溜的、不断翻滚着的鳗鱼，把鱼头按在案板正中，用一根很粗的钉子一发命中固定住。他用锤子敲钉子打穿鳗鱼头的时候，鳗鱼注定会发出"啾——"的一声。虽然头已经被打穿了，但鳗鱼的身体还保持着勇猛的活力。大叔"唰"地一下用左手把鳗鱼顺直，并一瞬间刨开了鳗鱼的肚子，于是鳗鱼就变成了一"张"摊平的即将用来做蒲烧鳗鱼的鳗鱼了。接下来大叔把一条细长的骨头剥离下来，上面不带一丝鱼肉，并"咚"地一声斩下了鱼头。因为伊豆鳗鱼店那个小女孩的故事已经深深地烙印在我的脑子里，所以我在旁边看着的时候心里大喊：那个鱼骨、鱼头还有鱼肠什么的都是可以吃的。吃了可以让人胖得圆滚滚的，是不应该丢掉的。我点的那条鳗鱼被放在炭火上，大叔用团扇"啪嗒啪嗒"地扇着风，把阵阵烟雾送到我这边。鳗鱼串被"咕咚咕咚"地反复浸没在酱汁中，开始显露出油亮的光泽，鱼肉也膨胀起来。我的嘴里充满了口水。烤鳗鱼被放在木纸上，大叔再用纸包好递给我，我的手摸得到鳗鱼的温热，那是一种让人觉得很好吃的温度。懂事的我为了不让鳗鱼冷掉，会猛踩自行车，用势不可挡的速度奔回家。一回到家，父亲便在四个孩子眼巴巴盯着鳗鱼不放的眼神注视下平静地把鳗鱼展开放平。

父亲能够把鱼放平，说明他恢复了一点精神。这样的安心感伴随着想吃的冲动，让我们的内心变得十分混乱。

很快父亲会刻意把一条鱼的一半留给我们。我们把留下的鳗鱼再分割成小块放在米饭上。像做梦一样的美味和已经只能吃下半条鱼的父亲，那种五味杂陈的心情我永远无法忘记。看着瘦得皮包骨头的父亲，即使我还只是个小孩子也心知肚明奇迹绝不可能发生了。

即便如此，父亲可能已经在很拼命地吃鳗鱼了。可能他还相信伊豆小女孩儿的成功"复活"吧。

可是，终于，他不再说"去买烤鳗鱼吧"，他去世了。

看着那盛着一条烤鳗鱼的盘子，我心中祈祷："全吃掉，父亲请全部吃掉吧。"也会隐约地闪念："留一点，留一点让我也吃一口吧。"然后鱼真的会被剩下，我那尚且幼稚却充满绝望的心情，至今依然纠缠着我，挥之不去。

可是，身披斗篷的父亲为什么第二年又去了伊豆那家鳗鱼店呢？留下来的照片是第一年拍的，还是第二年拍的？这些都无从可知。

父亲的装束是高中生的样子。那么，他也有

和《伊豆的舞女》里一样的浪漫经历吗?

　　那个消瘦得像死人一样的小女孩儿一定是一位超级美丽的少女吧。而我只能感慨于我的父亲,他被鳗鱼的功效所震撼,以至于对鳗鱼产生了近乎信仰的感情。无论如何父亲也是拥有过一段所谓青春时光的人。每次看到父亲那张身披斗篷的照片,我都会感受到一种奇妙的怀念之情。

梦露死了两次

　　年过六旬，前程黯淡却也忙忙碌碌。

　　往事种种，我已无暇去一一回味。即使见到了学生时代的老友，也只会一起算算到死之前还需要多少钱，然后叹气发呆。

　　你说安迪·沃霍尔[1]？

　　啊啊，确实有过那样的时代。

　　一个充满某种迷幻的混乱和异样的精力的时代。

1　波普艺术的倡导者和领袖，被誉为 20 世纪艺术界最有名的人物之一，代表作有《玛丽莲·梦露》《金宝汤罐头》等。

所谓青春，是何等的荒唐、浮躁和狂乱啊！

不，那个时代整个日本都是浮躁而荒唐的。可是，不浮躁的时代，日本曾经拥有过吗？

我就在那个时代最新锐的一群平面设计师中度过了那段时光。那是一个会把设计师和裁缝混为一谈的时代。

可是，那样一群年轻人把气势、自信，以及直白的愿望和可能性都寄托在未来，那种乐观精神真是意气风发！在时代的最前端领跑的自觉意识，和桀骜不驯是一回事。

就在那之前两三年的学生时代，这其中有些人还是把一碗三十五日元的拉面分成两顿吃，还穿着木屐的家伙。

一旦找到了工作，他们就穿上了紧紧包裹在身上的修身西服三件套，在脖子上系上了细条领带。同样是西服，任何人都能一眼看出来他们和正经的银行职员穿得明显不一样。

要说这群人的眼睛都在看哪里？他们目光炯

炯专注的眼神全都朝着美国。要说他们把美国叫作什么？叫作"人家""那边"，而与此相对的"我们""这边"的叫法却并不存在。

这群人包括我在内，都为了获取"那边"的信息而熬红了双眼，这主要表现为要尽早弄到"那边"的杂志，哪怕快一秒也好。

现实中，飞去"那边"就是我们的梦想。如果有人偶尔要去"那边"视察旅行，我们就会对出现在羽田机场的那些挥舞着小旗子、高喊"万岁"的送行队伍投去艳羡的目光。那是怎样一种纯情和过分认真啊！那种过分认真里带着些许的滑稽。

我认识《时尚》和《时尚芭莎》杂志的摄影师理查德·阿维顿和本·托马斯。

在黑色的牛蹄子上缠上祖母绿的项链，这种照片确实给我带来了很大的冲击，让我不由得倒吸一口凉气。

"这边"的设计师们用自己结实且忙碌的牙齿，极度贪婪地、狼吞虎咽地吃下"那边"的东西。

沃霍尔那个《玛丽莲·梦露》的丝网印刷作品，我想我应该就是在"那边"的杂志上看到的。可能比起那些搞纯粹艺术的人来说，我们这些搞平面设计的人对于"那边"的反应更敏感，会给出更激烈的反应。

它会变成惊人的洪流，冲刷整个世界。

日本第一次举办沃霍尔的展出是在什么时候，我记得不是很准确。但我想，我应该是和那些穿着紧紧包裹在身上的修身西服的男性朋友们一起去看过的。贴满了《金宝汤罐头》的一整面墙给我留下了深刻的印象，但我没有办法把自己的感想说出口。只是觉得自己必须深受感动，并讲出一些冠冕堂皇的道理才行。可是，我心里不断涌现出的想法都是："这样也可以吗？""这个是不是有点滑头啊？"

有一次，我觉得自己仿佛已经被"金宝汤罐头"墙壁抛弃了。我预感到在不久的将来，自己将卷起裤腿儿从那个跑在最前端的集体中逃离出来。

20世纪60年代结束的时候，我的二字头时代也结束了。当时我住在柏林。不知道为什么，我有一本在书店买的很厚重的沃霍尔展纪念画册。一位韩国报社的记者朋友看完画册后断言道："佐野小姐，艺术在19世纪就已经结束了。"我反驳他说："你这个人太迂腐，受古典主义教养的毒害太深了。"

他给我听了肯尼迪被暗杀前在柏林进行的那次很著名的演讲的磁带，而之前我看过画册上沃霍尔的作品集中了杰奎琳在葬礼上的照片。

我从那个作品中感受到了某种冷酷无情的东西。

我现在想，并不是艺术结束了。

而是冷酷无情的时代开始了。从一头白发、风格迥异的沃霍尔的作品中传递出来的，是那冷酷无情的人性。"我的作品背面什么都没有"，平淡地说出这种话的沃霍尔，我想他已经体现并预言了这个背后什么都没有的时代。

现在再看那幅《玛丽莲·梦露》，我感觉梦露死了两次。第一次是作为肉体的梦露的死，而在其肉体的死亡被转换为符号的沃霍尔的作品中，梦露又死了一次。

我们不能选择时代而生。我不得不生活在那个我们将其叫作"青春"的时代里。

那个时候

　　这家医院好像是突然从多摩丘陵上长出来的一样，矗立在绿色植物的掩映中。它外观看上去很像高速公路出口处林立的情人旅馆，是一个样式错综复杂的略带古风的西洋建筑，也有那种向外伸展出来的白色露台。我一直都不知道距我家开车不到五分钟路程的地方有这样一家医院。步入其中可以看到大理石的地面，挂号大厅里有一架钢琴，候诊室里摆放着带花朵图案的沙发。

　　我很吃惊，因为这里和其他医院那种冰冷却不干净的感觉以及极度不友好的氛围完全不同，我坐在那个带花朵图案的沙发上，抱着同样花纹的靠垫，在内科诊室门前等候着。患者也少得可怜。我患有非常严重的神经症，感觉身体仿佛到处都有锯子在切割，有石臼在碾磨。我就像在被太阳炙烤的沙漠上，正在用一根绳子拖拉着自己血肉模糊的心脏艰难地跋涉，整个身体就像波黑那个国家一样内战不断。我已经吃不下任何东西，正在不断地暴瘦。我把手放在肚子上，好像就要把大腿根上的骨盆按塌了一样。我想这样营养失调下去恐怕性命不保，于是来到这家医院接受点滴注射，因为这家医院是离我家最近的医院。

进入诊室后，我发现这里有堂堂正正、非常优秀的医生。医生完全没有那种趾高气扬的态度，这让我很吃惊。那医生对我非常亲切，当我问道："可以让我在这里住院治疗吗？"他始终保持着温柔的目光说："您就当成住酒店一样住下来吧。"

病房里甚至还有一张西式化妆台。最后我一个人住了一间空着的双人间。隔壁房间倒是一个单人间，但实在太大了，而且装饰得十分奢华，让我总觉得有些难为情，就放弃了。参观病房的时候我了解到，原来这家医院是一家临终关怀医院。什么？什么？我觉得很意外，但也充满了好奇心。

我的身体没有任何地方不好，我只需要领取一些安眠药，然后忍耐疼痛即可。为了分散注意力，我会跑去有电视机的大厅，一整天都蜷缩在有花朵图案的沙发上，看着每天聚集到大厅来的患者们。他们所有人都得了癌症。

在我住院的第二天，隔壁单人间住进一位患者。那家夫人大概五十几岁，是一位身材修长而挺拔的知性美女。她在大厅小声地应酬着前来探病的客人。来探望的客人真的很多，哪怕他们说话声音很小我也听得到，而且我也在刻意地听着。我了解到患者原来是 ANA 或 JAL[1] 的飞机机师，我不由得觉得他的夫人一定是一位空姐，而来探

1　ANA 全称是"全日空航空公司"，JAL 全称是"日本航空公司"。

望他的人也好像都是他的机师朋友。

患者一开始希望医生能把病情都告诉自己。他希望可以准确地掌握自己的病情。他向医生询问了自己还能活多长时间。医生好像回答了"两个月"。

"是啊，我先生他自己收集了很多临终关怀医院的信息，来这里也是他自己决定的。他就是这样的人啊。"

他一定是一个理性且冷静的人。来探视的四位客人都屏住了呼吸，连口水都不敢咽地保持着沉默。

"他说最后的时候希望能和家人在一起安安静静地……唉，在之前的医院里，他还能正常吃饭来着。"

"自打住到这边，他就完全吃不下东西了。也不说话了。"

"我想他一定是想让医生帮他结束自己的生命了。但好像还没有那个必要。"

"我也没想到他会突然恶化得这么快。"

穿着一丝不苟的西服的访客们，没有一丝动摇。

在夜晚的黑暗之中，从我的病床能够看到隔壁房间发出的橙色的灯光。我能够隐约地感到，他的家人中有人好像一夜没睡。

比起隔壁房间一片漆黑，还是开着灯让我觉得有人在，会更让我感到温暖。只有一次，我透过半开的门，看到了那位患者的腿。从蓝色条纹的睡衣下露出的小腿，朝相反的方向"啪"地一下倒了下去。那是一种让人觉得他的整个身体都很痛苦的十分虚弱的倒法。

第二天，即使到了晚上，隔壁房间依然是漆黑的一片。我感到有些落寞。之前那种脚步踢踏略显慌乱的感觉完全没有了。我想可能负责看护的家人也都早早休息了吧。次日我向护士说道："隔壁好安静啊。""啊，隔壁那位先生昨天去世了。"护士回答说。"啊？我都不知道。可是他不是刚来吗？""是啊，只有四天还是三天来着。真快啊。"看上去圆润而健康的护士转身离开了我的房间。"我想他一定是想让医生帮他结束自己的生命了"，我脑子里回想起隔壁夫人这句话，久久挥之不去。无论多么沉着冷静的人，用脑子想清楚的事和隐藏在自己内心最深处的真实想法，是自己也搞不清楚的。

不到了那个时候，是谁都不知道的。

即使是患者的夫人或者医生，也是不知道的。

患者说的话其实并不是我们所理解的那个意思，不到那个时候，是谁都不知道的。理性和语言在具有绝对优势的现实面前，并不是那么强劲有力的。

我在住院住到第十一天的时候出院了。

拍大头贴的阿姨

　　直到二十几年前，只要有人开始说"现在的年轻人啊……"，后面就会有惊涛骇浪般的抱怨喷涌而至。四十几岁的人所说的"现在的年轻人"，大多是指比他们小十到十五岁的那些小年轻们。

　　而且那时候，现实中我周围也存在着大量的"现在的年轻人"，我完全可以亲手触摸着细细品味、深入调查。我们那时曾经频繁地使用"干巴巴"这个词来攻击责难"现在的年轻人"。

　　尽管如此，我记得那时我们为了在时尚方面不输给年轻人，真是不顾及脸面地拼尽了全力。

可是，现如今即使有人开始说"现在的年轻人……"，也会戛然而止，没有后续，变成了张口结舌的"……"。打量一下也会发现，我周围已经没有"现在的年轻人"了。二十年前的那些"现在的年轻人"也已经四五十岁了，不再是"现在的年轻人"，反倒是变成了跟我不相上下的大叔和阿姨了。

我只能通过电视机接触"现在的年轻人"了。而且，电视机里面完全就是"现在的年轻人"的洪水泛滥。

我只是不说而已。对于染成茶色的头发，我很讨厌，觉得让人不舒服。日本人的黄色皮肤配上披头散发的茶色头发，是一种脏兮兮的颜色搭配。听说现在的年轻人都很爱干净，他们像会刷牙的猴子[1]一样认真地刷牙，也会每天洗他们的茶色头发。可是在我看来，他们怎么洗也不会变

1　日本京都大学灵长类研究所正高信男教授曾经在泰国发现了会刷牙的猴子。

得干净。现在好像留着原本的黑色头发的女生已经很少了，以至于偶尔看见一个，就很想去问问她："你家里发生什么事情了吗？你还真的挺倔强呢。"我就这样一个人坐在电视机前嘟嘟囔囔。有一次，我问二十八岁的儿子："现在的年轻人都很想变成外国人吗？""是啊。"他的回答很简单。因为二十八岁已经不属于"现在的年轻人"了，所以当我追问道："那么想要变成哪国人呢？是英国人？还是印度人呢？"儿子回答道："这个不重要，就想变成白人。如果眼珠子能很简单地整成蓝色，所有人都会去做的。"

想出拍大头贴的点子的人，得是个多聪明的人啊！他是怎么知道这种东西会爆火的呢？可是，那种黏糊糊的东西到处贴，实在太难看了，脏兮兮的，还贴在笔盒上，甚至还有专门贴这种东西的手账，可以贴上几百张。说什么"都是好朋友！"——连面都没见过的人的大头贴也贴在里面，说什么"嗯，朋友的朋友"，那种就根本不是朋友。连真的大头贴都没见过的五十八岁的我，坐在电视机前絮絮叨叨。

朋友的高中生女儿来我家的时候，我让她给我看了她的大头贴。十六张贴纸一共三百日元，好便宜。我一张张看得很仔细，"这个是谁啊？这孩子好漂亮啊！你的男朋友是哪个啊？为什么要和同一个人拍好几张啊？这件衣服好可爱啊，在哪里买的啊？这个手账哪里有卖的啊？就这些吗？没有别的了吗？……"哦。原来如此。如果一个十七岁女孩的朋友圈有这么多人的话，五十八岁的我的朋友圈至少应该有十倍的人数才对。不，也许应该有十五倍那么多。

有一天，我和一对夫妻朋友一起去住酒店，在泡好温泉回房间时，看到一个奇怪的"箱子"，上面还挂着一块布帘，里面有一对年轻的小情侣，不断搔首弄姿地变换着动作。那一定是拍大头贴的地方呀！

我很兴奋，"来，我们拍这个吧！""呀——！我想拍！"五十八岁的阿姨发出兴奋的尖叫声，有点恐怖。

盖上布帘，我发现里面有一个电视机屏幕一样的东西，能从那里看到自己。那前面还有几个按钮。"这个怎么弄？应该按哪个？嗯？嗯？"

　　我一把抓住刚才拍照的小情侣的手腕，拜托道："请教教我们！"茶色头发的女孩耐心地教了我们。而且，一眨眼功夫，箱子就吐出了十六张照片贴纸。

　　这堪比魔法的速度，让我都来不及戴好老花镜。"拍上了！拍上了！你看，这正中间目光呆滞的老妖怪是谁啊？""这个，是你老公啊！""啊？他的头发都这么白了吗？"

　　回到房间，我们各分了八张。我戴着老花镜仔细端详。啊，我们相遇在四十年前，那时我们还是光鲜亮丽的俊男美女。现在面部松弛，都是褶子。尽管如此，但我们不是笑得很开心吗？啊，四十年发生多少事，但我们不是依然笑得很开心吗？已经变成目光呆滞的老妖怪的那位美少年，不是也笑得很开心吗？

　　接下来那个礼拜，我和九十二岁的奶奶去了

一家海边的酒店。那里也有拍大头贴的设备。"来呀！来呀！"九十二岁的奶奶也笑得前仰后合的，还把大头贴贴在了她的手账里，跟我说："可真有意思啊！"

那张照片会成为一张很珍贵的照片吧，一想到这个，一种郑重的情绪和满足感就涌上心头。我有一个小小的笔记本，是来自英国的礼物。至今为止我一直舍不得用，也不知该用在哪里为好，现在毫不犹豫地专门用来贴我的大头贴了。

一见面就提议"我们去拍大头贴吧"的我也许会被人笑话，但我会把这个本子带去养老院，而且要如影随形地时刻带在身边。在生命的最后，我一定要说"友情，对我来说是最重要的"，然后再死去。这和那些茶色头发的小女孩们拍的大头贴，所承载的人生重量是完全不一样的啊！

"啪嗒啪嗒"的大傻瓜

　　我认为，天才就是创造出当时世界上没有的东西的那个人，而我们日本人东瞧瞧西看看，把和所有人做同样的事，叫作常识，甚至把和所有人保持同样的想法，当作道德，我们就是这样的民族。妥协让步以保持和绝大多数人意见一致，这样才会被当作一个成年人。

　　所谓年轻，就该充分发挥和这种成年人进行对抗的力量。现在的年轻人（啊，太爽了！到了这个年龄，终于可以毫无顾忌地说出"现在的年轻人"这种话了。不，反过来，肆无忌惮地高谈

162

阔论这种话题，现在反而是我的社会责任了）对于社会上那些成年人们不干不净的所作所为，却已经不再会团结起来表达他们的"愤怒"了。这就是所谓的和平。

所谓的和平，就是看不到敌人。懒散、邋遢的年轻人心甘情愿地当个傻瓜就是和平。谢天谢地！我们这一代为了获得和平或者经济上的富裕而努力工作，结果就供养了傻瓜。谢天谢地！在索马里或波黑绝不可能这样。谢天谢地！等着瞧吧，他们一定会遭到当头报应的。到时候我们就都已经去了天堂了！嘻嘻嘻……

虽然内在怎么样我不知道，但现在的年轻女孩子都很美。只看腿的长度就完全不一样。而且，不可思议的是丑女变少了。在日本还很贫穷的时代，美女看上去更美，丑女看上去更丑。这可能是因为大家的穿着都很邋遢。现在则有一些时尚服装可以掩盖人的缺点，甚至能让丑女也被人夸奖说可爱。这方面品位的提升绝对让人瞠目结舌。本来就不是美女，而且曾经很穷的我，现如今真是懊悔得顿足捶胸。如果我现在还年轻，明明可以在可爱路线上杀出一条血路来的。其实，哪怕从现在开始，我也可以变成一个可爱的阿姨——我看到那些穿着堆堆袜的女高中生，发自内心产生了这样的感慨。发明那个堆堆袜的到底是谁？真是天才！我周围的阿姨们都皱着眉头说："那是什么啊?!"但那个真的很可爱！

虽说是女高中生，但毕竟是日本人，所以如果不和别人完全一样跟风随大流的话，可能就没办法作为女高中生继续活下去了。现在无论是谁，都穿着好像军人的绑腿一样夸张的堆堆袜。但仔细一看才发现，她们穿的堆堆袜竟然都不一样，大家用细节最大限度地彰显着自我。

有的宽松肥大盖住了脚跟，但袜腿部分没有太多皱褶；有的只在脚脖子的地方有很多层密集的褶皱；有的则整体松弛得很均匀……总之造型各异。粗细、纹路等，真是千姿百态、百花齐放。袜子的生产商要生产这样几十种不同的袜子。到底是谁第一个开始穿的呢？生产商紧跟潮流拼命地生产，不断地扩大需求来赚取利润。引导了这样一种自然发生的流行，却名不见经传的人到底是个怎样的人呢？也许就是某人把一双男式厚重的袜子随意堆在腿上穿出来，然后就渐渐被人效仿了吧。

这个袜子必须要配校服穿才行。校服还必须是迷你短裙才可以。在堆堆袜和迷你短裙之间，露出那段紧实有力、生机勃勃的没有任何遮掩的皮肤，在我看来，那就是青春的张扬，好生羡慕。那从袜子下只能露出一点点的乐福鞋，也分外可爱！

如果我现在是一个高中生或初中生，我也一定要勇往直前地穿起堆堆袜。我要穿那种垂下来盖住脚后跟的超级夸张的堆堆袜。不由分说穿上就好。

可是，有一点我做不到，就是在短裙和袜子之间露出那截腿，再加上校服——我会变成夜总会里的妖怪。我想，很快，堆堆袜就会消失在流行的阴影里吧。我真想瞬间移动到四十年前，这是我的终生遗憾之一了。

所以，对于堆堆袜，我死心了。接下来应该是运动鞋、球鞋吧？就是那些鞋底像发酵的面包一样厚厚的、看上去略显滑稽的、比脚大很多的家伙。我并不觉得它很酷或者怎样。尽管价格贵得离谱，但据说每次有新款发售，还是会有人排队购买，甚至要加价。这不是很傻吗？它看上去像厚底木屐一样。

我问了穿这种鞋的人为什么要穿，她们说那个厚厚的鞋跟里是有气囊的，这样就可以减少走路时对脚后跟的冲击，而鞋子本身，实际上比看上去要轻很多。据说那其中还分跑步鞋、篮球鞋等不同类别，各大品牌都在大力开发，还有专供奥运选手的鞋，说依靠人类的能力跑也好、跳也罢，都已经达到极限了，接下来就只能依靠这样的东西在科技上进行竞争了。如果那样的话，奥运会就不要再办下去了呀！不、不，我们是为了和平才办奥运会的。

"那么，这个穿着舒服吗？""不得了！穿了这个，你就穿不了别的运动鞋了。"身边穿着清一色红白配色运动鞋的美少女，把两条大长腿伸展成倒"V"字对我说："绝对是真的哦！""穿上这个就很想'砰砰'地跳起来，会不由自主地跳起来呢！""是啊，是啊，就很想一跃而起。完全不会累，把我吓一跳呢。"

想"砰砰"地跳起来？想要去撞天花板吗？我已经几十年都没有想跳起来的冲动了。想跳起来？离开这个世界之前，我好想穿上这个去体验一下这种感觉啊！好不好看什么的已经不重要了。

"给我也买一双吧！""有各种类型哦，颜色也都不一样啊。""和你这个一样就行。""这个是篮球专用的。""就是它了。"

几天后，我拿着那双大得离谱的运动鞋说："这个尺码好像不对啊！虽然写的是23码。"这鞋的鞋跟上大大地绣着"23"这个数字。

"每双鞋上都写这个，这是迈克尔·乔丹的球衣号码。""这是和迈克尔·乔丹一样的鞋啊。就是那个把老婆杀了的人吗？""那个是O.J.辛普森[1]。"

可是，我穿上那鞋就像一个老奶奶版的米老鼠，走起路来"啪嗒啪嗒"地，只是走路就让我费尽九牛二虎之力了，根本就不可能产生要跳起来一跃冲天的冲动。"啪嗒啪嗒"，真是碍手碍脚的。就这样，对方还一边收我的钱，一边对我说："这个鞋已经不流行喽。"我真是个"啪嗒啪嗒"的大傻瓜！

---

1 前美式橄榄球运动员，被誉为橄榄球职业比赛史上的最佳跑卫，后成为影视和广告明星，并担任体育评论员。1995年，辛普森被指控谋杀前妻妮克尔·布朗·辛普森及其好友罗纳德·高曼，即"辛普森案"。

神佛和一张明信片

　　说起阿洋的人生，我始终觉得神也好，佛也罢，都对他没有任何眷顾。没有眷顾也就算了，可神佛仿佛是瞄准了阿洋，对他进行了连续不断的精准打击：他上过班的公司都会倒闭。他去哪里，哪里倒闭。

　　就这样，有一天，他突然从鹿儿岛上一个叫作雾岛的地方，给我寄来了一张明信片。

　　　这里每天都能看到樱岛在冒烟。很酷！整个樱岛就在我的正前方，每天都是。很酷！

阿洋是一个平版画印画师，他和平版印刷机一起去了一个鹿儿岛画商建造的艺术家专用的工作室。有两年时间，阿洋都住在位于山中别墅区的山顶的工作室里。

一开始，为我们做工作餐的一对夫妻跟我一起住在山上，但后来他们觉得太寂寞了，在住了两个月之后就下山了。这里就是这么寂寞无聊的地方。真的会有狐狸出来迷惑我。它们会变成美丽的年轻女性出现呢。要打电话也必须花四十分钟下山才行。邮筒也是一样的。不过画商给我的钱很多，我的钱包里一万日元一张的纸币有超过一厘米的厚度，但是我没有地方花钱。

我给他写的信好像总是以"喂——！听得见——吗？阿——洋——！"开头的。
给我的感觉就是那么远，他当时在日本的最

南端。

请你来玩吧！

在我儿子上小学一年级的那个暑假，我们去找他玩了。

从鹿儿岛机场出来坐出租车，只要说"艺术山庄"，师傅都知道。

我按照他说的跟出租车师傅说了"艺术山庄"，结果师傅说："客人，那地方一周前关门了。那里还会有人吗？"所以说神也好，佛也罢，又一次对阿洋进行了精准打击。

带绘画工作室的山庄全部用柏木建造而成，非常气派。跌跌撞撞从里面跑出来的阿洋一边说着写信也来不及了，一边呵呵地傻笑。"两年当中，跑到这里来画画的只有一个人。结果他还完全不工作，抱怨这里太冷清，每天晚上都跑去鹿儿岛喝酒。"

　　我的工作，每天只有一件事。那就是爬
上能看到夕阳的悬崖，拄着手杖，看太阳落
山。没有一次夕阳是一样的。

　　我们去了他在信里描绘的那个悬崖，看了夕
阳。阿洋和我一起背着平版印刷机的油墨滚子回
到了东京。

　　那之后，他成了一家很古老的众所周知的基
督教教会的印画师。我心想，难道他现在印的
是神的画像不成？跑去一看，那里的牧师好像
是倒卖绘画作品的投机商，正在买卖著名画家
的平版印刷画，这让我非常震惊。"神可以做这
样的事吗？""神真的很有钱，什么毕加索、夏卡
尔，买起来挥金如土！""那么，你又变成有钱人
喽？""那倒没有，一年半了，还没给我发过一次
工资。神很吝啬呢。"神对臣服在他脚边的阿洋也
没有任何怜悯，再次进行了精准打击。

有一天，我前夫开车时，前面的车撞了一辆摩托车。被撞飞的男子不偏不倚落在前夫汽车的翼子板上后被重重地弹了出去，结果这人竟然"霍"地一下起身站在了马路上。据前夫说，他定睛一看，那人竟然是阿洋。

没过多久，我收到了来自札幌的明信片。

我身体不适，回老家养病了。

我又一次用："喂——！阿——洋——！"这样的开头，给身在遥远北方的阿洋写了一封信。

又过了一段时间，不记得是一年还是两年了，我收到一封非常厚的信。那是从医院寄来的，阿洋说，他在一个大楼的建筑工地打零工，结果摔了下来，把腰骨摔碎了。神甚至追到札幌去打击他了。信里写的都是他在护士中如何大受欢迎以至于应接不暇的事。

我自己虽是眼花缭乱，但真想永远住在

医院里。

　　阿洋病刚好就受伤，但读了他的信，感觉他
好像还挺开心，的确，无论什么时候读他的信，
都令人愉快。就这样，一晃三十年过去了。

　　三年前，因为患上了严重的神经症，我被全
身出现的斧劈般的疼痛折腾得死去活来。一年过
去了，没有任何好转。后来斧劈般的疼痛终于停
止了，却又开始了用石臼碾磨般的疼痛。我什么
都吃不下，一躺下来肉就好像被削掉，肚子像被
挖空了一样。那时的我憎恨全世界所有的人类。
我连自己的名字都写不出来了。

　　就是那个时候，一张明信片在时隔多年后轻
飘飘地从阿洋那里飞到了我这里。

　　　　我漂流到了一个开满漂亮野花的地方。

　　明信片上画着一幅看上去像是野花的插图。
神好像又做了什么。我打电话才知道，阿洋当初

得的病和我一样，都是神经症。"嗯……，到彻底治愈花了十年时间。是的！不过一定能治愈。是的！"过了一周左右，又有一张画了插图的明信片寄到我家。

　　洋子小姐，虽然这是冬季的寒枝，但春天马上就来了，新的生命就会发芽。

　　插图上画的好像是银柳。我把它放进口袋当作护身符。每周都会有一张写着几行字、配着插图的明信片悄然而至，它们像翩翩起舞的蝴蝶一样，来到宛如毒虫般扭曲翻滚的我身边。两年了，神也好，佛也罢，对我依然没有任何眷顾。可是阿洋俨然变成了佛祖，就在那个遥远的开满美丽野花的北国。我看着阿洋寄来的明信片，已经有厚厚的一沓，不由得这么想。

　　在可爱的妻子、小鸟和野花的陪伴下安静生活着的阿洋，对于没有任何神佛保佑的我来说，简直就是来自亚西西城的圣方济各。

我和阿洋近三十年的交往，好像就只是他只言片语的明信片和我胡言乱语的书信之间的往来。

　　一张小小的明信片却给我带来了继续活下去的希望。可是，我呢？我是否也给阿洋带去了什么呢？

老年女性和老奶奶

　　在日本，老人是宛如随处可见的浮尘子[1]或者突然涌现的不可燃垃圾一样的存在。已经步入老年阶段的我觉得，所谓的"老爷爷和老奶奶"已经不存在了。这么说来，无论是在美国还是欧洲，恐怕也只有"老年男性"和"老年女性"，很早以前就已经没有"老爷爷"和"老奶奶"了。我所知道的西方的老爷爷和老奶奶只会出现在童话里。

　　我第一次去美国的海边时，看到"老年女性"

1　是一种学名叫茶小绿叶蝉的小飞虫，是常见的茶叶害虫。

们像鲸鱼或海狮一样东倒西歪地躺在海滩上晒着日光浴。那边的老年女性们个个身材壮硕、丰乳肥臀，全身都覆盖着一层闪闪发光的金色汗毛，老年斑、雀斑也阵容庞大、好不热闹，而这一切的上面，就只盖着几块小小的比基尼。不管是比基尼还是游泳衣，那颜色不是艳丽的芭比粉、翡翠绿，就是大红大黄，包裹在她们身上的布料上，也都是让我觉得恐怕再也找不到比这更扎眼的大花图案。她们手上戴着"哗啷哗啷"响的粗重的金属链条和塑料手环，躺在那里，实在是威风凛凛。

虽然我也觉得有些难为情，但西洋这东西说到底绝对是一个好东西。所以像日本的老奶奶那样，不能引人注目、花枝招展，只能打扮得朴素不起眼，这种观念已经落伍了。如果什么都不做，我们就会变老，肤色也会变得暗沉，所以必须用明亮的颜色，那些能够将所有寒碜都一扫而光的漂亮颜色来和衰老进行战斗。果然，西方人这种果敢的生活方式就是不一样。我真希望日本的老奶奶们也能在文化层面上得到进化，争取早日穿上鲑鱼粉色的连衣裙。我一边震惊地瞪大了眼睛眺望着眼前的"鲸鱼"们，一边在内心最深、最深的地方暗暗觉得，这个品味实在不怎么样，让人不舒服。到了今天，我承认当时确实是那么想的。

一眨眼的功夫，日本的老奶奶们也开始在皱纹之间重重地涂上眼影，在溢出嘴唇一毫米的地方涂上口红，画一个一碰就会扑簌簌掉粉的大浓妆，脖子和手腕上戴上闪闪发光、"叮当"作响的饰品，摇身变成了威风凛凛的日本的老年女性。出现了在我这种中年女性看来，比实际年龄年轻十岁、二十岁甚至三十岁的女性们，不得不说，这真是可喜可贺。而且，我突然发现，原有的所谓"恰如其分""通情达理"等条条框框，在整个日本都灰飞烟灭了。

这真是一件可喜可贺的事。不再是老奶奶的日本的老年女性们，不仅实现了容貌包装上的革命，即不只在服装、化妆这一类表面的东西上发生了改变，更在内容上，即精神层面上，让"恰如其分"与"通情达理"也和外观保持了一致——她们认为衰老是件坏事，生命是战胜一切的积极性，死本该遭到忌讳和厌恶，哪怕身染绝症也该带着勇气把剩余的时间活出价值，生命的意义要比地球还重……这是多种声音交汇的大合唱。我觉得这很伟大，心生感动，不禁敬佩地低下头。但低头的同时，也感觉自己被隔离了。

人难道不应该更自然地顺从天命吗？岁数大了就变得老态龙钟，这是人的常态吧。只要我们是自然的产物，不就应该和树木一样慢慢枯萎、长满疖子、最终倒下前往另一个世界吗？

于是，我突然决定成为一个保守反动的民族主义者，打算就做一个老派的老奶奶好了。脑子不灵光的我突然开始没头没脑地猛冲，只是出于想要变成一个穿着和服的老奶奶，这样一个过激的幼稚想法。

幼稚想法带我去了哪里呢？是和服店。我去了之后大开眼界。贵妇人风格、大小姐风格、老奶奶风格……在这个世界上，那么早以前就已经存在如此多种多样的面料、染色、花纹、织物了吗？气质优雅的奶奶在观看歌舞伎时会穿一件远看很简约的素色和服，可临近仔细一看才发现，那是带着灰色细条纹底色的，或是夹杂着妩媚的鲑鱼粉色，单看面料就已经妖冶动人的和服。有的面料上浸染着小之又小的千鸟花纹，最令人动容的是，当下的季节就存在于这件和服之中。我完全被迷住了。于是，我立下雄心壮志：等我变成老奶奶的时候，我就一整天都做老奶奶。我必须从早到晚作为日常着装来穿着和服，绝不会一解开和服腰带就马上把腿伸进牛仔裤里。不过，这好像有点好高骛远。

　　首先，只是上个楼梯去二楼，两条腿就会绊在一起。在厨房伸手去拿放在高处的东西，和服胸口那里就松垮了。四肢着地擦一下地板，就一定要把和服下摆掀起来露出屁股。忘了买生姜，想要骑自行车去买一下，也不能如愿……可是在我小的时候，邻里的阿姨们有一半都是穿着和服背着婴儿，用洗衣盆洗衣服，去黑市买东西，还拿着竹竿奔跑着追打孩子。哪怕是战时穿着的日式萝卜裤，也比现在那种上下一套的运动服更有风情。那时的人们还不知道穿着西洋服装的方便，不知道也就等于不存在。

年轻的时候，裸露肌肤是美的，问题是从阿姨到奶奶这段时间。我没有办法彻底放弃和服。我瞪大了眼睛认真地研究电影、电视剧，专门看里面的和服。武士们只穿一件便装和服就可以行云流水地砍砍杀杀。哪怕是《忠臣藏》[1]中的武士也只不过是多系了一根束住衣袖的带子而已。看来穿了和服并不是完全不能活动的。我特别关注了女性忍者。她们动辄一跃而起，跳上一棵四米多高的大树。那么我们去坐电车时，套上忍者穿的裙裤一跃跳上台阶如何？

当时，我遇到一位非常美丽的老妇人，她是

---

1 《忠臣藏》讲述的是日本历史上很有名的武士为亡君报仇的事件，被大量改编成净琉璃、歌舞伎以及影视剧作品。

那种一辈子只穿和服的人。当我看到她在夏天的街上穿着一件薄薄的黑色底色带飞蚊般细小的飞白花纹的和服时，又重新鼓起了勇气，觉得事在人为。可是这位老夫人一过了八十三岁便对我说："洋子啊，已经不行了。我站着用力扎紧和服腰带的时候脚底下开始打晃了。一旦穿了裤子，就再也穿不了和服了。"

她当时的表情十分复杂，里面夹杂着与日本美丽和服诀别的悲凉和获得新的自由的喜悦。

印度人趾高气扬地穿着纱丽走遍全世界，那是她们的民族自豪感吗？还是说，那只是现代化发展滞后的表现？我时不时抚摸着自己的和服举棋不定。

想怎么死就怎么死的自由

　　我五十九岁了，再过几个月就要迎来"还历"[1]之年了。(其实我也不知道对女性而言有没有"还历"这个说法。)

　　说到衰老这个问题，我唯有不知所措。人类的平均寿命延长了，我大概还要活二十多年，一想到这件事，我便呆然伫立，进而环顾四周，什么? 什么? 我为什么会在这里做这样的事? 不免毛骨悚然，并不短暂的六十年在我大脑中飞速地

1　"还历"是古代年龄称谓。按照干支纪年法六十年正好是一轮，所以满六十岁被称为"还历"。

萦绕旋转，我已经活够了。到这里，我的人生不多也不少，我对生命已经没有任何眷恋。即使现在马上死掉也完全无所谓，过去，人的一生也不过五十年而已。可是，我八十四岁失智的母亲尚在人世。我已经到了开始思考自己衰老的年纪，但我那尚未得到安置的失智的母亲，看起来至少还有十年将继续活着，徘徊于此岸世界与彼岸世界之间。母亲七十七岁那年脑子糊涂了的时候，我想，关于自己衰老的问题要暂时搁置了。我当时想，事情总要有个先来后到的顺序，所以那个决心也变得摇摆不定了。

我拿到一张报纸，就算一眼没看，有关死亡的报道也一定会映入眼帘。而且我总是很关注死者的年龄。九十多岁的老人到处都是，所以五六十岁的人哪怕是因病去世的，在我看来也只是意外而死。（"夭折"这个词现在还用吗？）

哦，原来九十岁了。

不仅是报纸上，我朋友的父母也基本健在。

超过九十岁也一点不稀奇。

母亲九十多岁的时候我也七十多岁了。

过了七十岁该怎样设计晚年生活呢？

说真的，有点想遭遇什么意外事故而告别人世。

长生不老真的是一件好事吗？

丰富的晚年生活真的存在吗？

电视上的综合娱乐信息节目中有一个报道让我无法忘怀，也许应该说，那是对他人生活的一种偷窥，或者说只是一次浅薄的人文关怀。

有一位阿婆坚守在自己已经破损的房子里不愿离开。邻居和社会福利部门的人再三劝说，请她搬到福利院，可是阿婆坚决不为所动。阿婆家的房子建在一个悬崖上，悬崖下面的土石不断被掏空，其中一半房子的下面已经没有任何支撑了，她的房子悬在半空中。可能是因为没钱维修，房子中有些地方已经缺失了地板，开了很多透光的洞。

房子到处都在腐烂。

有一天，阿婆从腐烂的地板上跌落下来，掉

到悬崖下落差六十米的河里去世了。据说是因为厕所的地板脱落了。

节目中出现了那个房子的远景，然后一下子把镜头拉近，拍摄了探出在空中的半个房子和悬崖，以及有六十米落差的下面的河谷。

现场评论员面带装腔作势的凝重表情说道："这是多么令人痛心的事件。"浓妆艳抹、神采奕奕的女助播附和说："我想我们也必须对社会福利问题进行认真反思。"她也是一副人道主义者的面孔，却看不到一丝真情实意。我对他们心生厌恶，但却发自内心地佩服那位阿婆。她很了不起不是吗？很有胆量不是吗？也许她是一个不可理喻的倔强的阿婆，也许她并不受邻居们的欢迎。和时代潮流逆向而行的人总会给别人带来麻烦。

《楢山节考》[1]里的阿铃婆，因为理解那个所谓共同体的封闭小社会的规矩，所以没有成为异端

---

1 日本作家深泽七郎著，故事背景是，在日本信州深山的小村子里，由于贫穷而沿袭下来一种抛弃老人的传统：老人只要活到七十岁，就要被长子背到楢山丢弃，当地人称该习俗为参拜楢山神。

另类的人。为了不在那个小社会里成为大家的笑柄，她选择把自己的生命托付给这个约定俗成的规矩，这是一种自带光芒的气定神闲。为了共同体本身能够继续维持下去，她遵从了这个贫穷共同体集体的"智慧"。

相比而言，邻居家那个不愿赴死的阿又公真是一个没出息的，让人觉得羞耻的人。

可是，现在全日本，不，应该是全世界，都扩大成了一个共同体。

全日本甚至全世界都在众口一词地歌颂生命比地球更重要。我们说的社会，已经变成了全世界。在自家厕所地板上失足跌落的阿婆，是孤身一人从整个世界失足跌落了。

这个世界上只要有这样的人存在，就会让人觉得不舒服。

"附近的邻居们难道不能做点什么吗？"综合娱乐信息节目中浓妆艳抹的女助播毫无责任心且得意洋洋地说完这句话之后，马上接着说道："那么接下来是来自演艺界的话题。"她的表情极其顺滑地转换为满面春风，开始播报起某明星热恋被曝光的新闻。

你啊，其实，并没有邻居哟！

邻居都生怕别人给自己带来任何一点麻烦。所以，他们是绝不想和任何人发生关系，代替社会福利部门去处理麻烦的。

我，也丢弃了失智的母亲。我四处筹措钱财，把自己的晚年生活抛诸脑后，在丢弃了金钱的同时也丢弃了母亲。我送她去了付费的养老院。

如果把这个过程写下来，我想写上五六本书都写不完。这不仅仅是我一个人的经历，和我一样把父母丢到那种地方去的所有人，恐怕都承受着这样的压力，就仿佛胸口堆满了淤泥。

而且，但凡有机会能去现场参观老人们聚集在一起的社会福利设施，我都受其吸引，欣然前往。

连老人医院[1]这样的地方，我也稀里糊涂地被

1　住院患者中百分之七十以上为年龄超过六十五岁的老年人的医院。

吸引过去了。因为朋友们的父母，有一些就分散在这样的机构里。

在那里我看到的老奶奶呆滞地、一眨不眨地眍着眼睛，目光空洞地看着天棚。她浑身插满管子，脸色蜡黄。嘴巴毫无例外地始终张着，像肛门一样布满了向中间集中的皱纹。

或者是被绑在轮椅上，一整天都被集中在一个漂亮的大厅接受特殊养护的老人们，他们谁都不和别人说话，一动不动地呆着。

再或者，他们在一个阳光明媚、漂亮的有落地窗的大厅里，围坐成一圈一起唱着童谣。这是衣着整洁的付费养老院的老人们。他们真的那么想唱歌吗？

有一位年过九十的老人，她经常出入老人保健院，每次一去就会住上三个月。俨然成为保健院所有老人中的老大的她，精神矍铄，一边为一位比她年轻二十岁的奶奶推着轮椅，一边高谈阔论。

就和那些手持宣传手册来劝你加入某个宗教

团体的人一样，无论哪个老人团体中的老人都会保持着同样一种独特的表情，而那表情的具体样子，我很难用语言形容。

那些老人所代表的一代人，都认为理应照顾自己的父母或公婆，直至他们离世。可能他们觉得自己的晚年也应该得到照顾吧。但家庭结构、社会、伦理观念乃至住房格局都发生了变化。

我感觉他们面对自己这没有参考样本的晚年生活，只是茫然地活着而已。

综合娱乐信息节目中那位"多么令人痛心"的阿婆，如果去了养老机构，也许就不会在厕所踏空而跌落六十米了。可是那位阿婆至死也不想离开自己的家。

哪怕付出生命代价，也想守着自己那已经腐朽的家。

她靠一己之力对社会福利进行了拒绝。

如果可以的话，我也想从厕所的地板上失足跌落而死。

我是说，如果我也有那样的胆识的话，面对社会和人间的潮流，也有一个人去对抗的气魄的话。

　　这世上所有人都众口一词，说我们应该想怎么活就怎么活。那么，为什么我们没有想怎么死就怎么死的自由呢？

　　哪怕多活一天也好，也想长生不老。这真的有那么珍贵吗？

　　我唯有不知所措。

　　直到我离开这个世界为止，我都将一直这样不知所措吧。可能。

三

恐怕漫无目的地四处游荡这一点，于青春和年迈都是一样的。

葵花书库

虽然我并不是家康的后代，但我家却在骏府城[1]里住过一段时间。说是骏府城，其实只是被石头城墙围出来的一块正方形的荒野。那是昭和二十五年（1950 年）前后的事，好像应该叫作"城址"吧，那片荒野空旷得离奇。上面原来有一所初中和高中的校舍，而没长草的地方曾经是学校的操场。这个校舍在战争时期曾经做过军队营房，所以我想，操场在那个时候应该做过练兵场

1　位于日本静冈县静冈市葵区。原为今川氏的今川馆，后被德川家康改建为骏府城。

吧。在骏府城的角落里有分租的长屋[1]，那其中一间里就住着战后被遣返回国的我们全家人。长屋原来是学校的职工住宅。在那里从十岁住到十二岁的儿时的我，真的太贪玩了，基本上就是一只猴子。我在空旷的荒野上肆意奔跑、欢跳打滚。就在那寒酸的长屋旁边，有一个令人难以置信的存在，那是一个巨大的紫藤花架。我曾顺着紫藤遒劲有力的藤干攀爬上去，并把男生一脚踢下。等到紫藤花开之时，只有那里有一片淡紫色的大海从天而降、波光粼粼，那里简直变成了人间天堂，空气里飘着过于甜腻的香气。

　　身为"猴子"的我，那时已然是一个文字阅读的中毒者了，可是我却没有一本可以读的书。那么怎么能判断出我是文字阅读的中毒者呢？是因为我一旦发现用旧报纸再生制作的厕纸上有尚未彻底溶解的文字，就会欣喜若狂。我会蹲在厕所里，一张一张认真地检查每一张鼠灰色的厕纸。

1　日本江户时代城市平民区常见的一种连排的简陋住房。

正方形的骏府城里有四座桥。走过其中一座桥，旁边就有一家叫作"葵花书库"的市立图书馆。静冈县既发生过大火灾，也遭遇过空袭，葵花书库虽然也带着陈旧的焚烧痕迹，但依然保存完好。那是一个暗棕色石造的，确实独具风格的建筑物。

　　图书馆里面非常昏暗，冰冷潮湿的空气中弥漫着一股发霉的味道，但这却让我觉得有种说不出的难能可贵。只要身体一进入这个空间，我就会特别紧张。图书馆的一楼是专供儿童使用的区域。一开始朋友带我来到这里的时候，我十分忐忑，不知道是否真的可以进入。如果可以进入的话，朋友为什么没有早点带我来呢？我又觉得不合理。果然战后从中国被遣返回日本的人是外来户，所以我不知道有这样的地方。这里原本只属于一直居住在静冈的人们吧……，我的脑子里不断冒出各种想法并陷入了混乱。我看到在这个昏暗的空间里，书架直抵天棚，上面紧密地摆满了书，我完全被征服了，兴奋得无以复加。在那里有一位几乎融化在昏暗之中的女性，她脸色不佳、身形消瘦，整日郁郁寡欢，看上去好像连小朋友的一声咳嗽都决意不会原谅的她，一定是打出生开始就一直待在这个葵花书库里了。紧张、恐惧、喜悦、自豪……，我每次进出葵花书库时，那种洋洋得意的自豪感到底又是什么呢？

这里的书，既有"二战"前那种陈旧但装订美观的书，也有全新的儿童读物，而且都可以免费外借。我下定决心要把那里的书全部读完，就从最靠边、最高处的那本又脏又旧的书读起，那是一本朝鲜的民间故事书。它旁边一长排摆放的都是给孩子们读的世界各地的民间故事集。朝鲜的后面是印度的，还有蒙古的。我一本接一本疯狂地借阅，可是现在完全不记得那些书都讲了什么。很快，我的朋友又带我去了另外一个地方。在走过和这边相反方向的一座桥后，旁边有一个带着银光闪闪的巨大铝制屋顶的建筑物。那是联合国驻日占领军开办的"美国文化中心"，里面也有专供儿童使用的图书室。这里和葵花书库完全相反。这里的图书室空空荡荡的、十分明亮。图书管理员是一位胖胖的美国阿姨，她走起路来慢悠悠地，而且她的皮肤是粉色的。她完全不会日语，看上去也总是郁郁寡欢的样子。我一进"美国文化中心"就会一言不发地来到几乎没有书的书架前东瞧瞧西看看，最后借上一本我根本看不懂的美国出版的儿童绘本，总之有点傻乎乎的。虽然行为有点傻乎乎的，但那里散发着美国的味道。我想那味道最浓重的出处恐怕就是没有止境的明亮，还有胖胖的粉色肌肤的美国阿姨那威严的言谈举止和强烈的带着一股酸味的体臭了吧。我们很快就厌倦了那里。

可是，那里构成了一道不可思议的风景。那个银光闪闪的铝制大屋顶是我至今都没有再见过的建筑，而就在那个建筑前，是骏府城那历经了三百多年风雨的高高的石砌城墙，和它映在绿波荡漾的护城河水上的倒影。而且，"美国文化中心"旁边是监狱那绵延不断的红砖围墙。那么美丽的监狱围墙也是我至今没有再见过的。

时常可以看见腰间系着绳子的犯人几人连成一队从监狱的大门走出来，他们都戴着一种好像叫作"编笠"的草帽。那草帽和江户时代的犯人们戴的一样，很像把一个草筐倒扣在头上。我们漫不经心地看着那些犯人戴着那样的草帽从"美国文化中心"前面走过，当时和我一起看这个风景的还有监狱长的女儿。

　　后来我又回到了葵花书库。"葵花书库"也好，"美国文化中心"也好，甚至连那个监狱现在都没有了。野草丛生的骏府城也变成了漂亮的公园，而我人生中走进的第一个图书馆是葵花书库这件事，始终让我引以为傲。虽然当时读过的书我已经完全不记得了。

想做你的邻居

    我读书就是随手拿起哪本就读哪本。在我心中，如醉如痴和兴致全无的转换，总是说变就变、大起大落。所有书籍就如火车车窗外的风景一般，风风火火地转瞬即逝。没有情有独钟这种情况，恐怕与轻浮女和好色男是一样的。但是，森茉莉[1]是特殊的。

    我做好了准备，随时可以登上开往森茉莉的

1　日本著名小说家、散文家，是大文豪森鸥外的长女。

列车。只要发出"Mori Mari"[1]这个声音，我就能感受到涌上心头的喜悦。因为喜悦，脸上便会浮现出笑容，但并不是那种阳光灿烂的笑容，而会带着些许意味深长。我内心深处对森茉莉有一种特殊的亲近感，也许我不该这样想，但我总觉得她是一个古怪的老奶奶。

可是，她确实是一个古怪的老奶奶。我时常在下北泽看到森茉莉。

在商店街，我看见森茉莉拎着一个篮子轻飘飘、软绵绵地走着。在她的周围笼罩着一层厚度约五厘米的朦胧雾气，森茉莉和这团雾气相伴而行。

森茉莉穿着一件极高级的开司米羊绒毛衣。这可是被她称为"拥有波提切利的《春》一般大海颜色"的毛衣，可是在我这普通人看来，那毛衣的颜色就像吃了绿色胃药之后第二天的排泄物的颜色，密密麻麻的毛球也让人觉得不适。可是，

---

1 "森茉莉"的日语发音。

随着我看到这样的森茉莉的次数增多，我从她身上感受到的感动和敬畏之中，也越来越多地掺杂了我对自己的恶俗而感到无地自容的情绪，甚至想给她跪下了。我曾经很想和森茉莉交个朋友，但在她木讷的表情下潜藏着敏锐的洞察善恶的能力，一想到这个可怕之处，我就觉得她一定会直接把我一脚踢飞。在这一点上，森茉莉绝不会有半点含糊，这样的自知之明，我还是有的。

我从森茉莉那里学到了很多东西。比如她说：幸福而美丽的世界本不存在，那需要自己努力去创造。而且，不管事实到底怎样，都要硬撑着创造下去。必须想方设法让自己拥有能够做到这一点的魂魄，并加以珍惜呵护。唯有这样，哪怕只是一块纱布手帕，巴黎的贵妇在晕倒之前会让它迎风飘扬，通过高手细腻高超的技艺，也可以让它成为精工细作到了几乎透明程度的柔软的真丝手绢。即使用它擦拭那些被波浪涌上海岸的可乐瓶碎片，也一定要温柔细腻地擦拭才行。

而且，这才是我们能够在人世间，能够在这

个举步维艰的人世间艰难跋涉的必需品，绝对比金钱和爱情更重要。可是，我却始终缺乏像森茉莉那样勇猛地把整个世界都扳倒在地的力量。

我在下北泽带着仰慕和对自己的汗颜远远地眺望森茉莉，已经是三十多年前的事了。如果我能做到的话，我迫切地希望自己成为一个像森茉莉那样的老奶奶，这个想法至今没变。不过，我的奢望可能有点遥不可及，我充分意识到了自己与她的差距。

话虽如此，森茉莉对于自己深受父亲森鸥外的疼爱这件事，表现得就像一头牛。牛会一次又一次地把吞进去的东西重新咀嚼，然后吐出来再嚼，然后再吞进去重新咀嚼，如此重复持续一生。我对此钦佩不已，并心生羡慕。对于让森茉莉能够做到这一点的那个与众不同的魂魄，我作为一个读者很想和她共同去珍惜呵护。

而且，最令我感到喜悦的是她独特的幽默感。那是真正高级的幽默感。幽默感这东西，如果不能看清自己真实的样子，是无法培养出来的。

能够把便宜的镶嵌玻璃的项链也营造出比法国贵妇的钻石项链还美的感受性，和把自己拧床单的姿势比拟为拉奥孔[1]的客观性，这两者是怎样实现共存的呢？

她和同样拥有杰出文豪父亲的幸田文[2]（每次读她的作品都会肃然起敬）到底哪里不一样呢？

可是如果选择住处的话，我想做森茉莉的邻居。

也许作为作家，森茉莉没有她父亲森鸥外优秀，可是作为普通人的我，会更偏爱森茉莉。

---

1 《拉奥孔》是现存于梵蒂冈博物馆的古希腊时期最著名的雕塑作品之一。作品刻画了拉奥孔父子三人被巨蛇缠绕受难的瞬间。

2 日本著名小说家、散文家，是日本文豪幸田露伴的次女。

就像永无止境的巴赫那样

全日本的男人都是妈宝男，所以妈宝男成了男人的标准。那么，哪怕有稍显另类的妈宝男出现，他也很难释放出璀璨的光芒。男人的生态就像地面上密不透风地长出来的灌木或杂草。

可是，异乎寻常的恋父情结，有时候却能造就像五重塔或埃菲尔铁塔一样高高耸立、永远保持伟岸英姿的女性。

五重塔是幸田文，埃菲尔铁塔就是森茉莉。

可是这两个人就好像站立在宇宙最遥远的两端，让我无法相信她们同样都是人类。像五重塔的这位宛如一把著名匠人注入了自己的灵魂锻造而成的名刀，准确坚硬、干脆利落，她的风采和文章不容得任何人在背后说三道四。如果日本全都是这样的人的话，日本一定会成为一个了不起的国家吧。可是，如果五重塔是我婆婆的话，恐怕不到半天我就会翻脸逃跑了。

像埃菲尔铁塔的这位，总让人觉得她的身姿是朦胧的，仿佛悠悠荡荡地飘浮在距地面五十厘米的空中。我曾经从远处亲眼见过她，看上去她只是一位有点脏兮兮的老奶奶。

现在回头想想，彼时尚且年轻的我，对那样一位脏兮兮的老奶奶，单方面地倾注了自己所有仰慕和尊敬，在我看来，她的身影唯有高贵。现在我也依然认为她很高贵，这一点没有任何改变。因为她本人也说了，自己是贵族，所以不会有错。

话说，被人爱这件事真的很厉害。

不，是森茉莉被人爱的方式很厉害。而且她这一辈子就只依靠她父亲对她的爱这个核心活下来了。不止一次，而是上千次、上万次，她把自己被父亲所爱这件事书写出来，在她的文字里，形成了一个柔软的、丰富的、馥郁芬芳的，有着独特氛围的世界，就像永无止境的巴赫一样。

就好像迂腐的人情世故让玻璃蒙上一层雾气变得模糊不清，她用白色的抹布"唰"地擦拭了一下，透过那里，我们能够看到一个清晰的世界。我在读《奢侈贫穷》的时候心想，这是一个多么幸福的人啊！我曾经很浅薄地认为自己也该像森茉莉那样，把一块便宜的玻璃，任意地认定为威尼斯大海的颜色、波提切利的《春》的颜色。因为恰好我也贫穷，所以这样做很棒。可是现在，如果我模仿森茉莉的话，就只剩下一个真正的女流浪汉，那高贵的外壳应声落地。

因为于我，那被爱的经历荡然无存。

在我儿时，如果偷食了一个橘子，无论是父亲还是母亲，都会把我打倒在地。我和那被人抚摸着后背说"茉莉最好，茉莉最好，如果是茉莉干的，哪怕是偷来的也是最好的"的茉莉，接受的待遇是不一样的。

所以我成为一个笨拙的普通人，而森茉莉能够成为一个伟大的自恋文学家。

让我觉得不可思议的是，对于那种连篇累牍装满了自我陶醉的文章，我一向嗤之以鼻，心生不悦地想："开什么玩笑？关我什么事？"而且，特别对于女作家的文章，如果里面潜藏着带有自恋倾向的内容，哪怕微乎其微，我也会用镊子一一摘除。在这方面，我有超出常人的特异功能。可是，只有森茉莉无论我读过多少次，即使遭遇排山倒海般的自恋，我也欣然接受。

我想这是因为异常的自我陶醉和无比准确的客观性，在她身上同时共存。

《整人节目》[1]随笔中，她的肆无忌惮的态度和无比准确的比喻都非比寻常。

她说塔摩利[2]的皮肤下被注入了精炼过的脂肪，我深以为是，并大笑不已。原来幽默感只能

---

1 1979年—1985年，森茉莉在《周刊新潮》上连载了对电视节目《整人节目》的评论，极具幽默感且辛辣的点评深受读者好评。

2 日本著名节目主持人森田一义。塔摩利是"森田"的日文读音。

来自冷酷的客观观察。她真是一个不可思议的人。她把自己对欧洲（这里必须要用汉字来写才行）和法国的喜爱，对巴黎风流的情有独钟都肆无忌惮地表达出来，我却不会感到不愉快，这是为什么呢？

当我得到委托为《魔利的自言自语》创作插画时，我开心得怀疑自己在做梦。虽然完全没有自信，但喜悦战胜了一切，还是诚惶诚恐地完成了绘画工作。而且我把她的全集都买回来通读了一遍。

我突然想到，对于森茉莉这个人来说会不会就根本不存在现实？

与其说这个现实的社会不存在，不如说她拥有把这个世界扳倒在地的力气，而这份力气正是因为她得到了父亲鸥外的深爱才获得的吧。

会不会，是因为森茉莉她只知道被人深爱？

所以三岛由纪夫才会说："夸了再夸，还是夸得不够。就是这个人。"

《枯叶寝床》等一系列男性同性恋题材的小说

都被构建在遥远的空中，并非我们这个世界的小说。森茉莉是一个可以完全不理会现实去构建世界的人。

她是一个可以超越所有尺度和程度的卓尔不群的人。

在几年前，波提切利的《春》经过修复后，原本模糊不清的图案，尤其是森茉莉特别喜欢的橄榄绿下面，有几百朵花朵清晰地浮现出来了。得知了这个消息的我明明和她没有任何关系，却为不知道这件事就去世了的森茉莉舒了一口气，心想"不知道这件事太好了"。

时读时新的《牢骚与愤怒的玛丽亚》

　　我对那些大文豪的全集后面收集的日记或者书信集什么的格外喜爱。我想，这种心理就和爱看综合娱乐信息节目的大婶们是一样的。尽管我知道这就是所谓正派人的"劣根性"，但就是戒不掉。基本上那个内容都是有点琐碎且无聊的，但如果你能忍得住那份无聊，就会在无聊的大山中惊喜地发现一些你在那种漂亮文章里绝对找不到的，让你不免发出"哦！"的一声惊叹的，怦然心动的文章或一个秘密的碎片。

　　但是，作家的本性也是非常强劲的。他们会

在脑子里的某处精心地计算着，哪怕只是日记，也会有人读的。所以我们总会在读到某处时难免心想："果真如此"。

尽管如此，我还是对森茉莉的《牢骚与愤怒的玛丽亚》感到了震惊。文字量极其庞大，说起一件事絮絮叨叨、没完没了。就像从一团毫无头绪、纠缠不清的蜘蛛丝里拔出一根，读者会一直捏着一把汗，担心这蜘蛛丝断掉，可是它好像变魔术一样绝不会断，会一直娓娓道来、越说越起劲地直到最后。那是用五六岁孩子般纯净的心和炼金术士般天才的文章结合而成的书信，让你一边觉得疲倦不堪，一边勇往直前地读下去，真可谓超尘拔俗的书信。读这书信的感觉就好像你看到一个轻飘飘地漂浮在距地面五十厘米的半空中的超凡脱俗之人，她像一个无忧无虑、天真烂漫、毫无执拗的小女孩一样，一心追求着这个世界上并不存在的美，而你看到了黏附在这个形象背面的所有内幕。可是，这决不会让你觉得"不会吧"，而是"果真她是这样的人""她必须是这样的人""正因为这样才能产生这样的作品的"……
你会不断地加深信服，而这种让你信服的方式，
以极其强劲的能量向你汹涌而来。这让我心生
敬畏。

　　而且，这书信读到一半，我不禁想跑到接收
信件的编辑那里，抚摸她的后背安慰她："你受苦
了！实在太辛苦了！你真的付出了很多努力啊！"
并流下同情的眼泪。这位编辑也是一位了不起的
杰出人物。一边被黏乎乎的蜘蛛丝层层卷敷包裹，
一边在十六年里夸奖、鼓励，鼓励、夸奖……想
尽一切办法让森茉莉创作小说，她把这样的编辑
之魂贯彻到底。如果没有这位编辑，就不会有小
说家森茉莉，至少这件事是一个毫无争议的历史
事实。

　　哪怕只是少夸了一句，那蜘蛛丝就会没完没
了地向你喷射而出，而你只要夸了别人一句，蜘
蛛丝又开始永不停歇地喷射，而且不管过了多少
年，她都不会忘记，会一直不断地向你喷射蜘
蛛丝。

我曾经是森茉莉的粉丝。她是我一度仰慕的老奶奶。那么读了这个书信，我会不会不再想做她的粉丝了呢？不可思议的是，我反而想被森茉莉的蜘蛛丝包裹得更厚重一些，想更深入地浸淫在她的魔法里。

　　她离开我们已经很久了，但最近不仅出版了豪华的全集，还出版了这样的书信集。从活着的时候开始就特立独行的她，应该永远都不会变得陈旧吧。因为她正大光明地把不合时宜铸造成一座黄金宝塔，所以尽管新的东西会变旧，但她铸造的这种可以掀翻这个社会的不合时宜将是永恒的。虽然不可思议，但我为之欣喜。不过，她确实不是一个普通的人，对于那些好奇心旺盛的人来说，这是值得推荐的一本书。

爱上你，确实错了

　　我的青春到底是什么？恐怕只是闲极无聊、四处游荡和东张西望。我也曾经失落消沉，也曾经意气风发、不知天高地厚。也曾经明明什么都不知道，却决绝地批判社会；明明什么都不知道，却不可一世地沉浸在文库图书的阅读中，表情严肃、故作深沉，而那份深沉，会因为筷子掉了就大呼小叫而顷刻颠覆。此外，我始终是不安的。

　　那时的我和现在那些花里胡哨地把头发染成茶色的女孩儿，在内核上没有任何不同。而且，我们同样都很贫穷。所以和那些时尚小姐姐疯狂抢购名牌一样，那时的我会到处搜刮"名牌"的文库书来读。只要弄到钱，我也想对"香奈儿""范思哲"下手。所谓青春，就是一场病。

而，其中公认的顶流品牌就是太宰治了。

曾经被传言做了双眼皮手术的小真也好，接受洗礼的大小姐基督教徒内田小姐也好，没有腰带用麻绳系着裤子的大井町也好，我都曾亲眼见到他们表情严肃地在读太宰治的样子。

我们曾经长篇大论、自鸣得意地讨论着《蒂博一家》里的雅克和《安娜·卡列尼娜》中的渥伦斯基，现在只要一想起那个画面就会觉得无地自容，但至少这些还残留在我们的记忆里。可是，关于太宰治，我没跟任何人谈论过。而且，也没有人跟我谈论过。我们好像都很畏惧谈论这个话题。

我们都羞于谈论太宰治。是的，太宰治是让我们感到羞耻的话题。

我们在对太宰感到羞耻的同时，也对我们自己感到羞耻。

关于完全没见过的法国人、完全不了解的时代背景下的蒂博一家的雅克，我们只能歪歪头若有所思，所谓共鸣也不过如隔靴搔痒。可是太宰治则完全不同，他会让我们觉得有上百只细小的蚯蚓不受控地钻进我们的肠胃，占领了那里的每一个褶皱，然后，我们彼此准确地通过心灵感应确认到了共同犯下罪行的同伴的心情。

只要有空就懒散地翻看文库本，我寄宿那户人家的女主人看到这样的我便说道："书可以读，但不要被误导哦！"其实我并没有在读太宰治，但当下我的反应就是："啊，这个人，她说的是太宰治。"又有一次她说："读小说的时候，要小心别中了小说的毒哟！"虽然我当时正在用抹布擦拭饭碗，但也仿佛得到天启一般认为："啊，这也是在说太宰治！"

这位阿姨品行端正，她希望我也能够成为一个健全的、积极向上的人。

之后，岁月稍纵即逝，生活疲于奔命。

当我背着孩子在矮脚的饭桌上作画、用绳子

把蹒跚学步的孩子拴在自己身上去洗衣服时，尽管我已经没有任何爱好，但我还在读书。太宰治和我那已经远去的青春一起，不知道被丢弃在何处了。岁月再一次宛如一阵狂风从我身边呼啸而过。

有一次，我在车里听着广播。那个节目可能现在还有，叫《我的书架》。节目里讲的是一个女学生在积雪的道路上遗失了鱿鱼干，她一边心里惦记着一定要让妊娠反应中的嫂子吃到这个鱿鱼干，一边焦急地努力寻找。这是我从来没有读过的书，但那感觉总让我觉得好像在哪里读到过。我似乎在哪里遇到过会这样描写情绪波动的人。我不由得觉得这样的情绪描写似乎过于精湛娴熟了。"这个，该不会是太宰治吧？"我读过的太宰治只有《人间失格》《斜阳》和《维荣之妻》，所以几乎等于不了解太宰治。后来播音员道出，这是太宰治的作品《女生徒》。我心想："猜中了！"我的感觉还真灵！可是，没过几分钟我便第一次意识到，"文体风格"有多么重要，让我准确无误地辨别出这是他的作品。而且，很快我也第一次拿起某出版社的文库本开始读包括《女生徒》在内的太宰治短篇集了。

我从没想到太宰治是一个幽默感喷涌而出的人，让我读他的作品就会不断发笑，这让我很吃惊。那些表情深邃的朋友们，难道都曾偷偷地发笑来着吗？可是，即使是笑出来了，也让人觉得害怕。他那种真诚的程度让人害怕。就仿佛我们遭遇真诚的强暴，而我们自身一直隐藏于某处的真诚却不由自主地发出了欢愉的声音一般，令人恐怖。

我们一直隐藏着的真诚与他的真诚之间的距离消失不见了。无论向上向下、向左向右还是向斜侧方，到处都是真诚，所以一旦这个真诚的程度掉下来了，恐怕我也想自杀了。我们每个人虽然隐藏着，但都拥有真诚，可是我们却并不拥有像他那样伶牙俐齿表达真诚的才能。就仿佛行云流水随遇而安一般自由自在，他真的能说会道。而且，他是豁出命来口吐珠玑的，谁都无法与他一决高下。那时，我第一次读了《富岳百景》，也是第一次认识了这样真实的富士山。从未有人像他那样告诉我，富士山和日本人是这样的。

既是美丽的，也是不堪的；既是气宇轩昂的，也是滑稽可笑的；既是清澈透明的，也是肮脏污秽的——而且那富士山都是真实的。有时我会没心没肺地大笑，很快又会肃然起敬或郁闷窒息。

"富士山和月见草最为相宜"，我原来就知道写下这样仿佛广告词一样的名句的人是太宰治，但我原来一直都觉得："切，什么月见草啊，那怎么可能相配呢？矫揉造作的家伙！"可是后来男友把一棵半月形的黄色月见草种在了山岗上的茶屋前，很快当美景如画直逼眼前时，我不禁垂下了头："我明白了，确实相宜。对不起！"

我总觉得太宰治让人感到害怕，是因为他殉情而死。我曾经住在玉川上水¹附近。无论什么时候我看到这个水渠中的流水，能想到的只有太宰

1　位于东京的引水渠，太宰治在此投水自尽而死。

治就是沉入这个水底殉情而死的啊。那条水渠既不是玉川上水，也不是樱花上水[1]，那里只是太宰治殉情而死的地方。

他最终殉情死掉了，可是之前一下子殉情失败、一下子自杀失败的事紧紧地贴敷在我的记忆里挥之不去。

"要死的话，自己一个人去死就好了呀！""如果认识了这样的人，可太可怕了！"——这样的想法也挥之不去。一起殉情的女方死掉了，他却活了下来，太可怕了。

他明明有三个孩子和老婆，却和别的女人殉情，太可怕了。

因为我是女性，所以会从女性的角度来思考，会去想被丢下的家人和殉情中死去的女人的事。再加上他还说过"比起孩子，父母更重要"这样的话，连熊遭到攻击要死的时候，都会怒吼出一道狂风，拼命保护自己的小熊逃跑。

---

1 正式名称为千川上水，玉川上水由此水渠分流而出。

也许"比起孩子，父母更重要"这说法正是他为人真诚的体现，可是作为女人的我觉得"说出这种话就完蛋了"。

他说："对我的出生，深表歉意。"[1]可是谁也不是想出生到这个世界才出生的。我再一次觉得"说出这种话就完蛋了"。我并不想听到这样的话。

而且，我想他身后的善后工作全都是女人去做的，是由无法赴死的女人完成的。

他还说："家庭是万恶之源。"那样的话，"就不要结婚啊"。不过，也许不在人世间走一趟，有很多事情都不知道，所以这也是没有办法的。可是，那就不要到处留情生小孩啊！

得到公认的是《咔嚓咔嚓山》里那句："爱上你，难道有错吗？"

我要鼓起勇气说："爱上你，确实错了。"

正如我寄宿的那户人家里正直的阿姨所期待

---

1 原文为太宰治的短篇小说《二十世纪旗手》的副标题，国内常见译文为："生而为人，我很抱歉。"

的那样，我长成了一个健全的平凡的普通公民。谢谢阿姨！

可是，到了今天我还会偷偷在家里放上一整套文库版的《太宰治全集》，一旦开始读就会沉醉其中。那真是甘之如饴的喜悦。而且，我害怕得不能自已。但我却扭捏地缓缓向那种害怕的感觉摸索靠近。有时我也会爽快地发笑，每每都会深深沦陷。读着他的文字，我脑子里一直萦绕着一个念头，这个人已经死了，真的死掉了。

《散华》中有这样的一段话："为了大的文学，请您死去。我也会死去，为了这场战争。"

这个人真的为了文学死去了。

读太宰治的文学会让肉身都得到触动，但我依然无法放弃阅读他。恐怕漫无目的地四处游荡这一点，于青春和年迈都是一样的。

深泽先生的价值

　　父亲的老家位于山梨县角落的角落里的一个贫穷的小山村。我家的房子建在面对富士川的一个陡峭的山体斜坡上，看上去像贴在山上一样。平坦的地面都是把山体铲平改造出来的小小的耕地，土壤贫瘠，只能长一些荞麦或小米之类的作物。那里的人们每天在太阳升起时，就要背上粪肥攀爬在通往梯田的陡峭的沙土路上。全村人都姓佐野，大家都是某种亲戚关系。

　　我只在战争刚结束的时候在那里住过两年。十八岁来到东京之后，在学长中第一次遇到一个也姓"佐野"的人。我便满怀期待地问道："佐野学长，莫不会你也是山梨县生人吧？"没想到对方大惊失色，几乎用吼叫的方式说道："才不是！我最讨厌山梨县的人了！"打那之后我才知道什么"甲州[1]商人走过的地方寸草不生""甲州人连铁公鸡的毛都要拔"等说法在日本全国广为人知。得知这个情况之后，我回想了一下自己的叔叔、婶婶，倒觉得他们似乎"真的做得出"。我也尽可能避免主动提及自己的血统是发源于山梨县的。我可不想让别人觉得我连铁公鸡的毛都要去拔。

《楢山节考》刚出版的时候，哪怕当时我还只是个高中生，却有一种强烈的确信，作者一定是山梨县人，不是山梨县人是写不出这样的作品的。

父亲老家的庄稼人（绝不是农民那么简单）个个又穷又没有文化。但凡有点文采，无论是谁都一定会产生同样的感受，做出同样的行为，写出同样的文体。深泽七郎这位天才，他单枪匹马、

1　甲州是山梨县的旧称。

大刀阔斧地完成了这个工作。我自觉自己的身体里流淌着比起任何作家，不，应该说是比任何一个日本人都更接近深泽七郎的血液。因为我是山梨贫苦农民的后代，我和深泽七郎小说中的人物是一样的。

深泽七郎在荒无人烟的地方孑然独立。

他应该独自冷眼站在距离文坛这个集团所牢牢占据的位置很遥远的地方。读他的小说时，我会产生一种冲动，想立刻奔向他并藏在他身后，然后对着远方的小说群体喊一句："见鬼去吧！"并做个鬼脸。不，事实上我真的在这样做。文坛什么的跟我没什么关系，我的鬼脸可能是朝着所谓的世人做的。人就是吃饭、拉屎、睡觉，从生到死，单单这件事就已经是极其困难的了。可是就有些家伙在面对这个情况时，会严严实实地给自己套上一个袋子，要么点缀上虚假的装饰，要么装出一副自己从不拉屎的面孔。我真想对着这些人吐口水。

然而，等我读完了，我还会再次回到对方那

个阵营中，变回一个懦弱无耻的人。

"所谓实际存在到底是什么？"深泽七郎似乎向那些了不起的知识分子们发出了这样的质问。我发自心底大声地笑了。见鬼去吧！我内心深处的甲州人根性暴露无遗。

所谓实际存在到底是什么，为了这个问题，有人诉诸几万字著书立说，但依然不得要领，任凭是谁都说不清楚。这是无法给出答案的，而他们极尽词汇都无法说明的事，却在深泽七郎的小说里倾泻而出，所以大家都心生敬畏。我想，就因为大家都害怕他，所以没有什么名人会对深泽七郎品头论足。

人只是吃饭、拉屎、睡觉、一个接一个地生孩子，然后死去，我想恐怕没有人愿意这样想。这简直就是文明和文化"稀里哗啦"地全面崩塌。

可是，我并不想做深泽七郎的邻居。我是没办法和他进行私人交往的。比起他那些以都市生活为题材的小说，我还是更喜欢他写庄稼人的那些作品，喜欢得想要哭了。读这些作品的时候，我认为深泽七郎就是我的神，所以我不想他成为我的邻居。

"到了村里就一定要来我家哟，我会把凉茶温热等着你……"今年八十八岁的表哥就在前几天刚刚告诉我："这是过去我们大家都会唱的歌，这一句后面，大家就自己瞎编，专门找些不正经的事来唱。"这事我第一次听说。现在村子里人口过于稀少，都是空房子，地里也不长庄稼了。

原来我的祖先和深泽七郎小说里的人唱着同样的民歌，我为自己身为他们的后代而感到骄傲。我也很想了解那些所谓不正经的事。"你爸那个人也不得了啊！"虽然得到了这样的信息，但父亲已经去世很久了。身为左翼知识分子的父亲的口头禅却是："你这家伙难道要像个黄毛鬼子一样哭哭唧唧的不成？"我想这也彻底暴露了他老人家是一个山梨县人吧。

深泽七郎是我的神，但是我并不想做他的邻居（真啰嗦啊！）。

深泽七郎，有一个就足够了。

记入史册的元气美女——正冈律

　　人类历史上的杰出女性有很多。既有统治了七大洋的女王，也有把所有和她有关的男性都培养成艺术家的女性，还有自身创造了优秀的艺术成就的女性。她们都向外界爆发出自己巨大的能量。

　　正冈子规[1]在日本文学史上留下的卓越成绩是不可磨灭的，而他也因为肺结核这个夺去很多明

1　正冈子规（1867—1902），出生于日本爱媛县，日本明治时代著名的俳句诗人、散文家，代表作品有《月亮的都城》《花枕》《曼珠沙华》等。

治文人生命的病，最终被困在六尺病床这个小天地里直至去世。可是，就在这六尺病床之上，他却具备着能够引领时代的异常充沛的活力，也具备着异常充沛的食欲。

早上是四碗热米饭，中午三碗粥、三份酱烤茄子、卷心菜、咸菜、一个梨、葡萄，下午的零食是加了牛奶的巧克力、几个大小不等的带馅儿面包、咸味米饼，晚饭是与平寿司[1]、两碗粥、金枪鱼生鱼片、炖茄子、一串葡萄，夜宵是苹果、糖水……然后是多得像山一样夸张的排泄物。这其间还要换药包扎，子规还会为自己的痛苦惨叫、号哭，惨叫、号哭……

而支撑这一切的都是他的妹妹律。而且律还要照顾那些几乎每天都会出没在病床周围的子规的朋友们吧。

也许律是一个极端地不爱取悦他人的女性，

1　即手握寿司。据说现在常见的手握寿司是由华屋与兵卫在日本文政六年（1823 年）简化了传统做法得来的。日语中"与兵卫"同"与平"的发音相同，所以也有写作"与平"的时候。

所以子规把她写成了："律是一个没有共感、没有同情的像木头或石头一样的女人……虽然病人要求的事她悉数照做。"总之，在子规笔下，律是一个木讷死板的人，而这些文字很快就被印刷成了书籍，其中还有记载说："有时真的让人生气，恨不得杀了她。"

可是，律既是护士，又是厨娘，还要负责打扫卫生、担任秘书、记录书籍出入、誊抄稿件……而且，给她的费用不及护士的十分之一。在那个吃四碗热米饭和生鱼片的病人的身后，她却仅靠咸菜吃下每一餐饭。

子规自己也承认，如果律不在，他连一天都坚持不下去。一边遭受着恶狠狠的谩骂，一边站在金丝雀的鸟笼前，一看就是两个多小时都不觉得厌倦。只要想象到坐在金丝雀的面前，始终如一用温柔的目光追随着金丝雀的一举一动的律，我就觉得胸口堵得慌。

想要杀人的难道不应该是律才对吗？可是律还是任劳任怨地为自己的命运做出牺牲。支撑着男性历史的，在真正意义上的应该记入史册的女性，难道不应该是像律这样的女性吗？

为了说想吃糯米团子的病人，穿上木屐低着头一个人奔向团子店的律，这样真正伟大的女性，总是把能量隐藏于内、沉默不语。

行路人——《夏先生的故事》

　　最近，我的老迈昏聩愈发严重，无论什么事在我的记忆里都只能留下一个依稀朦胧的影子。我看一整天电影频道，连着看了好几部电影，可是过后回忆起那许许多多的故事情节，却都只像是平铺在笊篱里的豆子一样千篇一律。明明看的时候我曾是那样为之着迷。还有，我会不间断地读书。既有觉得格外有趣的，也有觉得十分无趣的。但是很快，它们都会被后浪冲刷流逝去了记忆的远方。

　　《夏先生的故事》是大概一个月之前读的。当时觉得很有趣。可是过了二十天左右，突然，《夏先生的故事》鲜明地浮现在我的脑海里，就好像夏先生从书里走出来了一样，他背着背包大步流星地向我走来，那印象极其强烈。

伴随着时间一天一天过去，夏先生变得越发清晰突出了。原来真的有这样的书，也许一辈子会遇到几本。

这本书中有很多让·雅克·桑贝[1]画的彩色插图，是一本小小的很可爱的书，大概花一个小时就能读完。

主人公是一个生活在德国乡村小镇的少年。少年有时会幻想自己能在天上飞，有时一整天都在爬树。他第一次喜欢上一个女孩，很想和这个女孩一起回家。他绞尽脑汁想了很多办法终于去约了，结果对方很简单地拒绝说："今天不能回家。"他突然有气无力地跌倒在地。

这少年的钢琴老师是一位待字闺中的老姑娘，

---

1 法国插画家。

他深受老师歇斯底里的困扰，甚至想要自杀。但他后来学会了骑自行车。

少年一点点长大成人。他的生活空间里有湖泊、树林、天空，镇上的人们过着平凡而朴实的生活。

少年时代有很多这样愉快且令人怀念的东西。可是，这本书绝不仅仅是一首田园诗，它也是一个骇人听闻的故事。令人震惊的人物出现在了这个少年的成长过程中。那人就是夏先生。夏先生到底是谁，镇子上没人知道。但夏先生这个人，没人不知道。夏先生就是那个每天、每天，都在大步流星走路的人。没有人听过夏先生的说话声音。他每天都只是在走路，一走就走十六个小时以上。他沿着湖边走、在森林里走、在街道上走……一言不发地走。无论谁在一天内都会目击到他好几次。

每次偶遇都宛如看到了黑猫快递[1]的运输车一

---

1 黑猫快递是人们对日本大和运输公司的昵称，因为公司（转下页）

样，人们心里会想："哦，那是夏先生。"所有人都过着理所当然的生活，少年也在慢慢长大，而与此同时，不远处，夏先生也在大步流星地走着。

少年清楚地听过夏先生讲话，但只有一句。有一次，夏先生在雪中走着，少年的爸爸想开车捎他一段路，于是跟他搭讪。夏先生说了一句话"请不要打扰我"，便继续在大雪中大步流星地走开了。很快，夏先生的身影就消失了，大步流星地。这个描写既恐怖又美丽，而且还很残酷。请各位自己去读一读吧！也许你的身后也会出现一位大步流星的夏先生，而他将成为你一生的同行者。

（接上页）商标为黑猫叼着小猫的图案。该公司是日本最大的快递服务公司，所以人们经常会在街头巷尾遇到带有该公司标识的运输车辆。

装帧是书的肖像画

　　那是三十多年前的事了。饭田桥那里有一个叫作"佳作座"的电影院，专门放映那些已经过了档期的电影。我记得当时的票价好像是两部片子五十日元。那个时候对我们这些穷学生来说，一说电影就以为只有洋画[1]（好令人怀念的说法）。其实当时的日本电影，正处在黑泽明和小津安二郎等人创作出顶尖级佳作的时代，但要说文明和文化的繁华世界，我们就只认"那边"，日本电影

————————————

1　指外国电影。

总是寒酸贫穷脏兮兮的。因为我们自己本来就是寒酸贫穷脏兮兮的，所以内心的憧憬和向往都朝着好莱坞电影彻底敞开了心扉。让·迦本[1]饰演的虽然也是底层的中年卡车司机，但法国的贫穷看上去也都是洋气漂亮的。

那个"佳作座"的海报是每个月的大事件。海报使用的是双色丝网印刷工艺，上面用粗壮有力的笔道画着男女主人公的肖像画。把那海报偷回来拿到教室来的男同学是我们的英雄。我们都知道那个海报画的作者是和我们几乎同样年纪的和田诚。搞不好和田当时也是大学生吧。从一开始和田诚就是很了不起的。到今天，我依然认为当年"佳作座"的电影海报在设计史上开创了一个存在感巨大的崭新时代。

从那个时候开始，和田先生就一直是一个明星。既是设计师又是插画家的他，就像八爪鱼的脚增生了一样，在他涉足的所有领域都精力充沛

---

1 法国演员。

地完成了性格独特、总量庞大、质量高超的工作。我拜读了他的《装帧物语》一书，我对书中提及的作品数量感到震惊，其中我自己买来读过的书也有很多。

无论什么样的书，都必须有一个叫作装帧的脸面。因为我们买的都是书中的内容，所以这个"脸面"成了附带着一起收到的东西。偶尔，也有因为太喜欢装帧而买下一本书的情况，但那样"脸面"就已经超越了装帧的功能，让我觉得自己好像是臣服在没脑子美女的石榴裙下那个没脑子大叔了。

和电影相关的书，只要看一眼我便认得出那装帧是和田先生的作品。也有的时候，整本书都读完了才发现装帧是和田先生做的，而每每我都会对他佩服得五体投地。那格调品质绝对完美，无懈可击。而且，就在那乍看上去好像是无心之作的"脸面"上，却能让人感受到一种和田独有的绰绰有余的俏皮。是那种懂得都懂，让人开心的、细致入微且天真无邪的创意。

我这个人根性不良，所以特别喜欢看内幕故事。关于《装帧物语》自身的装帧那段极具戏剧性的故事，非常精彩，让我十分感动。东西的制作，无论好坏都是自我个性的主张。而且，所谓个性，也许就是一个人所有的特质部分之间的相互竞争，从中可以体现出个体格局上的差异。

这本书虽然是把他说的话记录下来集结完成的，但有时候这种带有鲜活生动感的方式反而会成为卖点。没有任何扭捏，用平常心面对所有工作的和田先生，总是那样地认真、安静且保持着永不动摇的热情，真的非常优秀。读过这本书的朋友，书中一定有很多地方让你们发出了由衷钦佩的声音吧。

我发现装帧就是为内容画的肖像画。给"佳作座"画的肖像画都运用了粗重的线条，而后来，和田先生改用德国红环的笔来作画了。人物的眼睛都变成了小小的黑点儿。虽然这世上没有人的脸上长着小黑点儿眼睛，可是不管是研直子[1]的眼睛，还是渥美清[2]的眼睛，全都只放了一对小小的黑点儿，但却出现了比研直子还要研直子、比渥美清还要渥美清的形象。简直就是令人难以置信的魔术师！我发现就像那小黑点儿眼睛一样，和田先生只要画上一棵树、放一个房子，那装帧就完美地变成了内容的肖像画。

　　和田先生谦虚地说，他笔下的人物缺乏吸引异性的魅力，对此我坚决反对。他利落地拂去了玛丽莲·梦露那洋溢在外、有目共睹的性感，却展现出一种通透、清澈、无人能见的性感的精髓。而且，他还充满爱意地向我们展现了让人幡然醒悟的纯净的性感，即那种被外表并不性感的人深深隐藏起来的性感。通过弗雷德·阿

1　研直子（Ken Naoko），日本著名的女歌手、艺人。她的名字"Naoko"部分是用日语假名表记的，并没有明确对应的汉字，"直子"是该读音比较常用的汉字表记。

2　日本著名男演员，紫绶褒章获得者。系列电影《寅次郎的故事》中寅次郎的扮演者。

斯泰尔¹优雅的姿态和小萨米·戴维斯²突出的下巴，依然可以把通透的性感精髓表现出来的别无他人。

如果您买的书恰好是和田诚设计的装帧，请您务必认真检查每一个角落。您一定会发现有些巧妙又调皮的创意宛如星辰般点缀其间。仿佛无声无息地隐藏在那里一样。我想这就是所谓的品味吧。

1　弗雷德·阿斯泰尔（Fred Astaire，1899—1987），美国电影演员、舞蹈家、舞台剧演员、歌手、编舞、制作人。

2　小萨米·戴维斯（Sammy Davis Jr.，1925—1990），美国著名歌唱家。

"带孩子"和"现代人的孤独"

　　老早就挺进初老阶段的我，和周围的朋友们总算都把孩子拉扯大了。

　　朋友的丈夫问自己的妻子："你这辈子最开心的事是什么？"妻子毫不犹豫地回答："带孩子。""那么，最辛苦的事呢？""带孩子。"

　　他们俩的孩子在我这种人看来，全都是茁壮成长、无懈可击、难得一见的优秀青年。他们小的时候个个身体健康，最难能可贵的是性格活泼，给我们带来了很多乐趣。哪怕是对于这些小天使孩子的母亲来说，带孩子也绝对是一项大事业，必须倾尽全力去战斗才行。

而我自己带孩子则十分随性，可能也正因如此，个中滋味也格外浓烈。至今只要想起，便会眼眶湿润涌出甜蜜的泪水。

是啊、是啊，没病没灾的，很好地长大了呢！谢天谢地！是啊、是啊，我啊，成天不修边幅地不像个样子，不知道犯了多少错误，但真的是拼过来了……

在我随性地带孩子的那个时候，河合隼雄[1]还没有像现在这样在全日本广为人知，也不能向他寻求帮助。

所以，我带孩子时始终惴惴不安。

《Q&A 用心育儿——从出生到青春期的48章》[2]是一本非常体贴的书。在这本书里，河合医生针对具体的问题一一做出了细致的回答。比如：

1　日本著名临床心理学家、心理治疗师，曾任日本文化厅长官。

2　该书在国内出版时书名为《什么是最好的父母——日本国宝级心理学家开解父母的养育困惑》。

· 焦虑不安总是批评孩子。

· "快点!""不许!"只会说训斥的话。

· 请告诉我,当孩子受到霸凌时该如何对待。

· 一旦有什么烦心事就变得犹豫不决,没办法果断作出决定。

……

孩子从出生到独立,妈妈们始终惴惴不安。现在读到这本书,让我想起很多往事。婴儿那带着乳香的小手儿和柔软触感的小胳膊,忽然间就变成了身体里好像装了钢筋一样的大块头。一天,偶尔看儿子的脚,竟然发现他脚趾甲边上长出了黑色的毛,这让我大惊失色。那些和孩子共同度过的时光又重新复苏,让我深深叹了一口气。如果我那个时候有这本书,也许我就能把孩子带得更好吧。

不,也许并不会的。

之所以这么说,是因为一个孩子即一个人所

拥有的世界，都是一个让我们能够身处于世的浩瀚无际的宇宙。而且它和我们几乎完全无法了解的真实宇宙一样，在孩子那小小的身躯内部漫延开来。偶尔，我们感觉自己好像或多或少了解人类，但那个程度和人造卫星"向日葵"给我们带回来的信息差不多。

利用"向日葵"卫星提供的信息可以进行天气预报，人们就可以知道明天出门要不要带伞了。我想也就是这个程度。

河合医生不厌其烦教授给我们的，其实就是要我们带着敬畏之心来守护每一个孩子吧。

宛如我们无法判明宇宙的边际一样，无论怎样的孩子都拥有骇人的黑暗和无限的光明。

别看他们小小的，长着龅牙，黑黑的眼睫毛向上翻卷着，有时候会尿床，有时候满嘴说着没人能听懂的话，但只有四岁的他就会扭动着身体卖萌，也深谙哄骗大人的伎俩，关键时刻又会化身成为保护妈妈免受一只蟑螂袭击的小战士。

我们被他们折腾得团团转，时而感动、时而

落泪，七荤八素。

在你七荤八素的时候，即使有人对你说："请你冷静一下，不要如此目光短浅！"我们也是很难做到的。

所以我更想把这本书送给那些即将成为父亲的年轻男生或很想成为母亲的年轻女生们。而且，我希望他们不管何时何地，能够多读几遍这本书。

这样你就会发现，这不再是一本育儿的书，它讲的都是人类至死方休的那些事，是一本让我们知道与他人相处有多么不可思议、有趣且困难的书。

不过，我读了这本书却发现，现代人有多么孤独！我们都要各自孤独地生活在这个时代里。这种恐惧让我畏缩不前。

我们每个人都会热切地期待有人能够安静地听我们讲话吧。

如果有人愿意耐心地听我们把话讲完，恐怕就没有人需要去读心理学的书了。

孩子们也希望有人能倾听他们的声音，爸爸

妈妈也好，爷爷奶奶也好。

我们没办法听别人讲话，那么到底在忙什么呢？更可怕的是不知道该怎么听别人讲话，也不知道该怎么让别人听自己讲话，这种情况是不是已经出现很久了？

所以，失去了宗教的人们把科学当作宗教去信仰，恐怕也想把心理学家当作他们的教主吧。那样的话，我想，我作为信徒的段位一定很高了。

没　用

　　我并不是特别喜欢猫，但我家却一直养猫。既养过貌美如花的猫，也养过呆头呆脑的猫——虽然我觉得它呆头呆脑，但其实那只猫很有"人格"魅力。我家还养过自恋的猫，还有一心只想做野猫，最终离家出走的猫。

　　我对它们只是冷眼旁观，给它们喂食，然后继续冷眼旁观。

　　而且，我认为说到底它们只是猫，而猫是人类无法理解的，所以我一直都回避触碰或抚摸它们。我也担心若对它们投入太多感情，就会深深陷入这个泥潭被困住了手脚。

因为它不会说话，所以就可以把人类所有的想法没有底线地接纳下来，并把人类诱惑进入一种疯狂的境界，而被诱惑的人们也都失去了理性。这就和恋爱的人都失去了理性一样，而对于人类来说，猫可比爱情靠谱得多。它们可以把人类自以为是的关系一直维持下去。这正因为猫不会说话。

猫到了季节出去偷情也没什么问题。反过来，即使猫主人在猫的面前做了什么不检点的行为，也不用担心猫去电视节目上曝光。倾注爱情的对方不会说话，真是太合适不过了。

猫自古以来就住在人类的家里，享受管吃、管住的待遇，却从来不履行任何职责。它只要在就好了。

猫作为宠物，之所以能够获得如此不可撼动的地位，我想应该是因为它的体形大小刚好合适。即使每天晚上和猫睡在同一个被窝里，人们大多视而不见，这不会引起他人的关注。可是，不管你多爱狗，如果每天晚上都和金毛猎犬同床共枕，再把圣伯纳犬也放在同一张床上的话，那你的床至少要有拳击台那么大才行。就算真有这种情况，那也太不寻常了不是吗？

而两三只猫蜷缩在主人的被子周围，我们只会说："好可爱！"而且确实很可爱。

可是，猫真的一无是处。

如果有小偷光顾，它只会为了保全自己的安全，不发出任何声音地溜之大吉。猫也不能通过训练成为盲人的警卫官，更不能期待它可以在机场通过嗅觉找到毒品立下功劳。

完全没用。

我时常对着我家的肥猫生气："至少你能帮我接个电话也好啊！"

真的没用。

家，在主人回来之前是死寂的。

打开全黑的门厅的灯，打开暖炉让房间暖和起来，打开电视机或收音机，打开厨房的水龙头……在我们这样做的同时，家也一点点复苏过来。可是，如果你有一只猫从傍晚昏暗的房间里"喵——"地一声走出来，你就会觉得家和你的猫都没有死，它们都一直好好地活着，会让你松一口气。这时你会突然觉得猫很可怜。一个小生物在自己不在家的时候还好好地活着，人类从这种事中获得治愈。单纯地只因为存在，只要活着就足够了，让人类产生这种认识的猫，换个角度想想，也会让人望而生畏。

河合隼雄的《猫魂》一书提及了古今东西很多猫的故事，用河合隼雄独特的手法向我们完美地展示了猫和人之间的灵魂交往。无论喜欢猫的人还是不喜欢猫的人都会感慨道："啊，原来是这样啊！""一直没发现，果真是这样啊！"——是一本让我们的大脑豁然开朗的书。不过，因为书中写都是深不可测的猫，和让人不寒而栗的人类灵魂，所以这本书也让我们感受到，用语言所无法表述的混沌就是混沌，这理所当然且意义深远。

夏目漱石的猫、爱伦·坡的猫、宫泽贤治的

猫、《源氏物语》中女三宫的猫、锅岛宅邸[1]的猫、《猫与庄造与两个女人》中的猫……，这本书向没有读过原作的读者耐心诚恳地介绍了原作中的内容。虽然我读过这些猫的书，但依然会每每感慨道："啊，太有趣了！""哇，好可怕！""真的太好了！"就好像原本被我们胡乱装在脑子里那些散乱的拼图碎片，被分类成诈骗犯猫、观察员猫、魔性存在的猫、神的猫、怪猫等，引得你如饥似渴地看下去，而全部看完的感想就是："哎，我原来这么傻啊。"

我似乎已经成为猫和人类关系方面的权威，这让我很开心。但我发现，我家那只肥得不像话的巨猫，身上好像原封不动地保存着这么多猫故事中所有猫的要素。也许您会说，它总不会做出《穿靴子的猫》的那些事吧。不，其实只是程度低一点而已。我有些难以启齿，其实我按照猫的指示创作了绘本，这也零零碎碎地养活了我。

---

1 旧佐贺藩主锅岛家的宅邸旧址。

我经常想，我的猫好像成精了，这让我不寒而栗。但如果它死了，恐怕我至少有庄造[1]百分之一那种程度的伤心寂寞吧。

1　岛崎润一郎小说《猫与庄造与两个女人》中的主人公。

后　记

惭愧

我一直认为自己并不是写文章的专家。我的本职工作是绘本作家，像这样写文章我会自惭形秽。写写童话、剧本，或者写一些貌似短篇小说的东西才是我的专业。如果说哪里不同，那就是无论写童话还是剧本，都是在脑子里制造虚假，从什么都没有的地方姑且开始创作，所以会用一点脑子。不管有没有才能，我自己认为那就是作品。因为我一直在画画，所以一开始别人拜托我写一些类似随笔的东西时，我想这个绝对不能在上班的地方写。这感觉就像周日在家业余画画的医生一样，我会偷偷跑去办公室旁边的咖啡店，战战兢兢地写那些类似随笔的东西。

后来，就变成了所有写字的工作都在咖啡店完成了。绘本的对话也好、童话也好，都是在咖啡店写的。再后来我到处搬家，最后变成在家工作，这样一来找咖啡店变得十分困难。

于是，最合适的地方就是家庭餐厅[1]了。经常有人对我说，在那么吵的地方你也能写下去，真厉害呢。一旦形成了习惯，在不是人声嘈杂的地方，我反而无法集中注意力了。

我画画的时候，只要旁边有一个人，我都无法工作。这到底是为什么呢？习惯这东西不可小视。

我经常在大文豪的书房照片中看到，榻榻米

1　日本的家庭餐厅是20世纪70年代从美国引进的餐饮经营模式，多为简易西餐连锁店。以营业时间长、店面客容量大、上菜迅速、价格实惠等为特征，因适合全家人一起轻松就餐而得名。

上有一张书桌，上面端端正正地只放着稿纸和钢笔，而生活在美丽的日本房屋里、穿着和服的作家抱肘坐在书桌前。我每每看到这样的照片都会很震惊，并痛彻地感受到我和他们之间在格局上存在的天壤之别。我所在的家庭餐厅里，有奔跑嬉闹的孩子，还有一整天都成群结队、高谈阔论，仿佛看不到旁人一样的年轻的家庭主妇们。看来我的身份就适合在这样的地方写作，我也心安理得。

于是，类似随笔集的书出版了几本，可这着实让我很为难。

基本上，我写的这些文章都是收到了某杂志的邀约，规定好了版面字数的。因为邀约是零零散散的，所以版面字数也各不相同，主题也五花八门。这些文章都是在邀约下完成的，没有一篇是我自己率先写出的。所以这本书就是把这些七零八落的文章收在一起制作出来的，完全找不到任何统一性。我心中真是羞愧难当，但收到邀约是一件值得珍惜的事，我犹豫不决地到处转了很多咖啡店。另外，随笔并不是虚构的，我想要写的都是自己看到的、听到的事，所以不能撒谎。虽然我不想写虚假的内容，但人类记住的往往都是自己那些有点偏颇的理解。每个人认定的理解偏差很大，而这个偏差如果不同寻常，我们就会把这个人叫作天才。所幸，我并不是天才。

最近四五年，我会一年到头住在群马县的深山里。去一趟家庭餐厅也要走三十多公里下山才行，果然是年纪大了，会觉得很累。于是我买了一张很气派的书桌。

可是，已经买回来三年了，我还没在那张桌子上写过一个字。一有时间我就会去看电视，三野文太[1]的《人生咨询》里的所有内容我都知道。由此我发现凡是来咨询的人，其实并没有在咨询，都只是在抱怨，从一开始就没有打算听取别人的意见。只有那些并不想改变人生的人才会咨询自己的人生。或者说他们很喜欢可怜兮兮的自

1　日本著名电视节目主持人，本名为御法川法男。

己，陶醉在人生的不幸当中，所以绝对不会从不幸中摆脱出来。当三野文太两眼放光地对那人大喊"请和他分手吧！"时，那人就会极其不满地回复说："啥?！"就这样我傻笑着，时间一转眼就到了傍晚时分。没办法我只好趴在地板上，开着电视写字。应该没有人会花钱买这种人写的书吧。我一边说着自己不是专家，却一边收着稿费去买些萝卜、白糖什么的。

而且，我这个人还很容易翻脸。好呀、好呀，如果没钱了我就接受低保，或者去特别护理养老院[1]。反正我靠本职工作也交了很多税金了。所以大家不买我的书也可以，然后期待我们在某个特别护理养老院见面吧！

到时候，再好好聊聊我们那充满了愧疚的人生吧。

佐野洋子

1　可提供二十四小时看护的，费用相对比较低的公立养老院。

解说·一

青山南[1]

　　佐野洋子有很多部知名的绘本作品，而《活了100万次的猫》是其中超群绝伦大受欢迎的作品，堪称经典中的经典。如果你沉心静气去思考这故事到底讲了什么，反而越发想不明白个中道理，它就是这样一部情节发展出乎意料的绘本。如果我现在勉强归纳说是这样的一个故事哟，恐怕一定会有人说好像不是那样呢。虽然明知如此，

1　青山南（1949—　　），本名杉山茂，日本翻译家、随笔作家、文艺评论家、绘本作家，早稻田大学名誉教授，日本文艺家协会理事。

但如果大致整理一下的话，应该可以做如下的理解吧。

对所有事都讨厌到极点的主人公猫咪，死了很多次，但都会复活转世。可是，好不容易遇到了自己喜欢的猫咪开始了幸福生活的主人公猫咪，这次它喜欢的猫咪却死掉了。于是它为了追随而去也死掉了，但唯独这一次它没有复活。

嗯……，是啊，各位看官应该有各种各样的不同意见吧。但作为故事梗概，我想这样总结应该没有太大问题。

这部作品的关键词是"讨厌"。猫咪死了很多次，绘本最初几页反复出现了"讨厌"这个词。

"有一回，猫是国王的猫。猫讨厌什么国王。"

"有一回，猫是水手的猫。猫讨厌什么水手。"

"有一回，猫是马戏团魔术师的猫。猫讨厌什么马戏团。"

"有一回，猫是小偷的猫。猫讨厌什么小偷。"

"有一回，猫是一个孤零零的老太太的猫。猫讨厌什么老太太。"

"有一回，猫是一个小女孩的猫。猫讨厌什么小女孩。"

大概就是这样的。说实话，这只猫就是作为这么一个令人讨厌的猫登场的。有一点是不能忽视的，那就是所有人都很疼爱它，可是它却说："哼！你这家伙，我很讨厌呢！"它就是把这种恶劣态度贯穿到底的一只猫。而且，它就算死了也会再次复活。

难以理解的要点是这里。

为什么它不能彻底死掉呢？为什么一定会复活呢？

在上一世的猫生中没能喜欢上谁，也许下一世能遇到喜欢的人。也许就是因为怀着这样的期待，才重新复活的吧？

功夫不负有心人，终于在试错了100万次之后，它遇到了真心喜欢的猫咪。应该讲的就是这样的故事吧？

我想，不是这样的。

因为，这只猫咪它对于自己没能喜欢上谁这

件事，根本没有任何后悔之心。证据就是，死了100万次这件事是它引以为傲的资本。

"'我可死过100万次呢！我才不吃这一套！'因为猫比谁都喜欢自己。"

是的，因为它最喜欢的是它自己，所以没能喜欢上谁这件事，它根本就不在乎。这并不是它的虚张声势。

那么，它为什么复活呢？嗯……，这一点确实有点难以理解。我想，恐怕是因为它对人类有眷恋之心吧。"讨厌！讨厌！"虽然它始终拒绝一切，精力充沛地活过每一世，但是总会觉得缺点什么，好像忘记了点什么。因为有些耿耿于怀，所以它才复活又回来了吧？只是，这猫咪自己也不了解内心微妙的感受。所以同样的错误，它重复了100万次。

我们认真想想就会发现，那猫咪死了100万次也没有发现的事，就是它之所以能够说着"讨厌！讨厌！"，拒绝一切并精力充沛地活过每一世，正是因为大家都待在它身边。如果没有人待在它身边，它就没办法去讨厌了，这件事，猫咪它始终没弄明白。

前面我也写到了，《活了100万次的猫》这个作品中的关键词是"讨厌"。读到绘本的最后，我们发现为了能够安心死去就必须"喜欢"上谁，这好像才是整个故事的关键。可是，重要的实际上并不是这个，而是"讨厌"。如果没有那么多人待在身边，就不可能讨厌。也就是说，我们能够说出讨厌，这是一种恩惠，是幸福，应该抱有一颗感恩的心。关于这一点，这个猫咪经历了100万次的生死，依然没能醒悟过来。

佐野洋子是一个张嘴闭嘴说着"讨厌""好烦""吵死了"之类的话的人，某种意义上是一个凡事都以消极的、否定的立场为出发点来考虑问题的人。人必须是开朗的、温柔的、互助互爱的，不可以封闭自己……对于这类说法，佐野洋子也不觉得有什么问题。但她的出发点是：开朗什么的我可做不到，我也没办法那么温柔，没时间帮助别人，封闭自己有什么不好吗？……

从这个意义来看，她和那只活了100万次的猫咪有些地方很相似。

只是，她和活了100万次的猫的不同在于，身处那种消极的、否定的立场中的人，其实同时也身处于一种特殊的幸福之中，关于这件事，虽然也说不太明白，但她是隐隐约约知道的。在这本书中，那些顽固地坚持独居生活的普通人和把自己的孤僻进行到底的名人们一个接一个地登场亮相，而对于这些人所洋溢出的那种幸福感，佐野洋子正带着羡慕的眼神仔细端详着。

佐野洋子还有一部正在成为经典的绘本作品，名字叫作《绅士的雨伞》。故事说有一位绅士拥有一把很漂亮的雨伞。这位绅士很珍惜他的雨伞，所以绝不会打开这把雨伞。虽然他出门的时候总带着这把伞，可是如果下了小雨，他却宁可淋着雨走路。如果雨下大了，他就找地方躲雨。如果他着急赶路，就会说："不好意思，打扰了！"然后钻进别人的伞下。他自己的伞是绝不会打开的。

可是，有一天他正在树下躲雨，跑来一个小

男孩说，希望能和他一起打他的伞。绅士当然装作没听见的样子。于是，那个男孩很快就钻到刚好路过的一个认识的女孩的伞下一起离开了。两个孩子一边唱着"下雨了，嘀答答。下雨了，哗啦啦"，一边消失在雨中。他们俩的歌声吸引了绅士，最后绅士终于撑开了他十分珍重的雨伞，走进了雨中。于是，他竟然真的听到了"滴答答"和"哗啦啦"的雨声，他精神抖擞地回到了家。然后，他一边仔仔细细地端详自己那淋湿了的雨伞，一边自言自语说道：

"湿透了的伞也不赖嘛，这才像一把真正的雨伞。"

这位绅士也是一位孤僻的人。用饱含深情的目光端详着自己珍爱的雨伞的绅士，正充分浸淫在自己独特的幸福感中。我想这样的幸福感，佐野洋子是充分了解的，这不正是人最自然的样子吗？

佐野洋子创作绘本的时候，从这样的幸福感中向外又踏出了一步。死了 100 万次的猫咪最后找到了自己喜欢的猫，不愿打开自己珍惜的雨伞的绅士最终也毅然决然地打开了雨伞。而且他还说："湿透了的伞也不赖嘛，这才像一把真正的雨伞。"

可是，创作文章时的佐野洋子，把死了100万次的猫咪的心情，不愿打开自己珍惜的雨伞的绅士的心情，都一一记录下来并止笔于此。可能是因为她知道，如此碌碌众生实在是数不胜数，自己也是其中一个吧。

青山南

解说・二

三浦紫苑[1]

我觉得比起小说，随笔的新鲜感流失得更快。可能是因为把日常的感受或思考以"无虚构"的方式书写下来，才是随笔的基本创作模态吧。

哪怕是写于"二战"之前的小说，很多时候我们可以理解为"好吧，原来那时候的男女观是这样的啊"，也可以饶有兴趣地读下去；也有可能会认为"说到底这是个虚构作品"，阅读的时候带

1　三浦紫苑（1976—　），日本新生代小说家，以作品《多田便利屋》获第135届直木文学奖，代表作有《强风吹拂》《编舟记》等。

着这样的距离感和让步的心理（可能存在程度上的不同）。可是，一旦变成了随笔，这是作者本人的声音和经历的记录，可能因为存在这样的前提就会出现"这种措辞恐怕不行吧……""这样的感受性是不是已经过时了……"等，读者不知不觉就会带入"现在"的感觉进行审判。

所以，随笔很难写。从写完的那个时刻开始，其中就孕育着暴露出作者弊病的危险性。我对于自己二十年前写的随笔，完全没有拿出来重读的勇气。因为我一定会说："哦，因为自身的无知或傲慢，我竟然做出了如此不知天高地厚的发言……真丢人啊！"恨不得主动剖腹。

可是，佐野洋子女士的散文，完全没有一丝陈旧的感觉。当然也有"我并不这么想"的地方，比如我把父母送到付费的养老院，可能就不会觉得自己是"抛弃了父母"。不过，这完全是个人见解上的差异，或者只不过是两代人在感觉上存在细微的不同。关于这篇随笔《想怎么死就怎么死的自由》中所书写的大体内容，我全面赞成。如果可以的话，我也想变成那个被邻居们厌恶到极点的"莫名其妙地顽固"的阿婆，同时也想从厕所的地板上失足跌落而死。我好希望自己可以想怎样就怎样。但是，实际上我却预感到自己一定"不想被年轻人讨厌"，在关键时刻突然改变主意，点头哈腰地极尽讨好之能事，面目可憎地贪婪地活着不肯放手。

佐野女士就这样一边刺激着读者思考，一边轻快且自由自在地讲述着过去和身边的事。"现在的年轻女孩子都很美。只看腿的长度就完全不一样"，读到此处佐野女士深铭肺腑的段落，我不禁笑出了声音。这里佐野女士评价的"年轻女孩儿"，是距今二十多年前曾经年轻的女孩儿们，而我现在看到年轻女孩儿，依然感觉到："都这么好看，腿好长啊！"

这到底是怎么回事？难不成生活在日本的年轻女性，她们的腿部一直在持续变长吗？那样不会很快都变成"脸是杨贵妃，脖子以下是长脚蜘蛛"吗？或者说我们人类的初始设定，就是长到了一定的年龄就会被青春的光芒所迷惑，只要是年轻人不管是谁，看上去都是人美腿长的。不管是以上哪种情况，都是值得细细品味的现象。作为经得起岁月洗礼的随笔，我都想把感谢献给为我们记录了这个"年轻人人美腿长"论的佐野女士。"可不是嘛！"我仿佛跨越时代和佐野女士握紧了手。

我认为小说和随笔的不同之处还在于是否存在"共鸣"。对于小说的登场人物和情节展开，哪怕没能产生共鸣，也时常会被小说的趣味性和新颖性所感动。即使小说的主人公是绝对不想见到的十恶不赦的大坏人，即使故事情节上出现了现实中绝不可能发生的事，能够慢条斯理地让一切成立的就是小说。

可是，换作随笔的话，如果你无法和作者的感性以及思考产生共鸣，我想继续读下去应该是有点困难的（可以说正因如此，随着时代的变化，随笔比小说会更快失去新鲜度）。

佐野女士的随笔，以她的知性和对周围平等

的视角作为保证，每每读到都会感慨道："确实确实！""我隐约感觉到的东西原来就是这么回事啊！"让你豁然开朗的共鸣如暴风雨般不断袭来。对我来说，能够产生共鸣的点有无数个，但其中特别值得一提的是，每当佐野女士开始谈论食物，她那极致的逼真和无与伦比的细腻描写，都让我为之着迷，我流着口水身体前倾一字一句地细细品味。只看文章，已足够美味。而且，"（杂志上刊登出来的那种寿司）照片比起实物来说，镜头会推得更近一些，所以看上去更有冲击力"，我们被商家摆了一道这种事被她如此捅破了，我不免会"啊！"地感叹。"这样啊？难怪我买了 *dancyu* 杂志，可以一边看着百看不厌的寿司照片，一边把微波炉热过的米饭配上剩菜给吃了。原来是因为这个啊！"让我拍着大腿幡然醒悟。我可不是就着剩菜在吃饭啊，我就着的是现实中不存在的超级巨大且看上去极其美味的寿司，我是就着叫作寿司的概念一样的东西在吃饭的。正所谓奢侈贫穷（不是的）。

也就是说，在佐野女士的随笔里，"毒"（批判精神）确实有，但并不令人生厌。她对我们那些想方设法企图隐匿的内心冲动（对寿司的向往和执着），或者人类的行为举止（只是看看照片或文章就流下了口水等）进行了细腻的展示的同时，却绝不进行谴责或否定。那感觉就仿佛在说："人嘛，就是这样的啊！"一副若无其事的样子。也看不到任何迹象显示她是为了寻求读者的共鸣才创作的，我感觉，她只是把自己的内心感受真实地表达出来，面对周围的人或事把当时的思考和情绪率真地传递给我们而已。反而，正因如此，（可能佐野女士并没想要获得这样的效果）这样一本让我点头点得太多，脖子差点断掉的随笔集就横空出世了吧。

我觉得佐野女士这种从崇高且坚定的客观性中喷薄而出的幽默感，和她所喜欢的作家森茉莉的随笔有相同之处（佐野女士那些关于森茉莉的评论也是佳作，我的脖子到底还是断了）。随笔要么自嘲、要么自夸，只有这两种情况，我平日里一直这么想（看起来佐野女士是自嘲派的），可是森茉莉的随笔是自夸派中举世无双高耸的山峰，"这个划分到一般意义的自夸派里合适吗？"曾经有过些许的犹豫，后来读了佐野女士的森茉莉评论终于受到了启蒙："自嘲就不用说了，哪怕是自夸当中也潜藏着自卑心理，也就是说，所有的随笔作品都有披露了作者自卑心理这样一个侧面。"我好想和佐野女士聊一聊森茉莉的作品。

自卑心理和自尊心有着紧密的关系，可是如果认为写自嘲派随笔的作家自尊心（自我肯定感）就会比较低，恐怕这个结论太过轻率了。天真无邪地自夸恐怕会显得欠缺品性，所以只好在上面薄薄地做了一层自嘲的表面涂层。佐野女士自身是一位自尊心极强，因此也深知关爱他者的人，这是我通过她的随笔推测的。"'友情，对我来说是最重要的'，说完这句话之后死去"，当读到这句宣言的时候；我怀念着的父亲吃鳗鱼时的样子，就像讲述刚刚发生的事情一样娓娓道来的时候；每个礼拜都会寄来一张明信片的阿洋的人生，被活灵活现地描绘出来的时候……我被佐野女士以及她周围的人们那崇高的自尊、那不可救药的深沉的爱和人类真正的善良本性所深深打动，拿着书的手都为之微微颤抖。我感受到了超越虚构和非虚构界限的绝对的美出现在我眼前。

　　佐野女士在她的文库版后记中写道："不写虚假的内容。"那么随笔真的是"非虚构"的吗？比如《冬季的桔梗》里登场的那个只有一颗门牙的大叔（"怪不得贵子会跑掉"我忍不住爆笑），他实在太形迹可疑了，让我产生了一种错觉，以为自己一不小心闯进了幻想小说的世界里。这一点也正如文库版后记中写道的那样："人类记住的往往都是自己那些有点偏颇的理解。"独牙大叔的理解偏差最终都结晶成了"贵子"，而佐野女士理解偏差的最终结晶，则是动摇了虚构与非虚构的界限的美。想到这里，我不禁深切地认识到佐野女士是一位天才（佐野女士笔下那位活灵活现的独牙大叔也是），不胜感慨。

　　我没有拜见过佐野女士。可是，这本书（以

及这本书以外的作品），让我充满信心，我觉得今后可以随时随地见到她。二十年后，不，也许是五十年后、一百年后的读者们也能和佐野女士有无数次相逢的机会吧！每当那个时候，这本书里描绘的人们、猫咪、花朵都会重新吹来一股清新的风，其中几近永远地凝结着佐野女士那充满自尊的爱和幽默感。

三浦紫苑

日文单行本出版发行已经过去二十余年，人们对于文字表达的意识发生了巨大的改变。本书中有很多表达方式用今天的人权意识去衡量的话，恐怕会存在让人感觉不适之处。但鉴于作者并没有歧视的主观意图，且她本人已经离世，所以我们遵照原文出版。

图书在版编目(CIP)数据

那也讨厌　这也喜欢 /（日）佐野洋子著；边西岩
译. — 上海：上海书店出版社，2024.8
　　ISBN 978 - 7 - 5458 - 2372 - 1

　　Ⅰ. ①那… Ⅱ. ①佐… ②边… Ⅲ. ①散文集-日本
-现代 Ⅳ. ①I313. 65

　　中国国家版本馆 CIP 数据核字(2024)第 077832 号

Original Japanese title：AREMO KIRAI KOREMO SUKI SHINSOBAN
Copyright ©️ JIROCHO，Inc. 2023
Original Japanese edition published by Asahi Shimbun Publications Inc.
Simplified Chinese translation rights arranged with Asahi Shimbun Publications Inc.
through The English Agency (Japan) Ltd. and CA-LINK International LLC

版权合同登记号：图字:09-2024-0187 号

责任编辑　张　冉　胡美娟
封面设计　乔上荣　辛　悦
版式设计　汪　昊

那也讨厌　这也喜欢

[日] 佐野洋子 著

边西岩 译

出　　版　上海书店出版社
　　　　　（201101　上海市闵行区号景路 159 弄 C 座）
发　　行　上海人民出版社发行中心
印　　刷　上海展强印刷有限公司
开　　本　787×1092　1/32
印　　张　9
版　　次　2024 年 8 月第 1 版
印　　次　2024 年 8 月第 1 次印刷
ISBN 978 - 7 - 5458 - 2372 - 1/I・576
定　　价　58.00 元